www.tredition.de

AF185403

Thomas Höding

Nivigrains

Eine Liebeserzählung aus Covocal

www.tredition.de

© 2018 Thomas Höding

Verlag & Druck: tredition GmbH, Hamburg

ISBN
Paperback   978-3-7469-4115-8
Hardcover   978-3-7469-4116-5
e-Book   978-3-7469-4117-2

Alle Märchen sind nur Träume
von jener heimatlichen Welt,
die überall und nirgends ist.

(Novalis)

- 1 -

Diesmal war es der vierte Dwarstunnel auf dem Patrouillenflug. Das tiefe Brummen des Thorne-Hofmann-Transversators befand sich im Abklingen, war schon beinahe nicht mehr zu hören, da erschien ein einzelnes, rot blinkendes Symbol auf dem Navigationsmonitor. Sein rhythmisches Aufleuchten tauchte das Cockpit in ein unwirkliches Licht, das die Konturen der Geräte und der beiden Menschen abwechselnd überdeutlich scharf erscheinen und dann wieder in undurchdringlicher Dunkelheit verschwinden ließ.

Die Driconn war gerade erst in den vordersten Sektor des Dwarstunnels eingeflogen, noch dabei, sich mit Hilfe der Instrumente zu orientieren. Doch die empfindlichen Ortungssysteme, in der Lage, gleich mehrere Sektoren auszuleuchten, hatten sofort den Fremdkörper entdeckt. Mit einer Geschwindigkeit, die im bekannten Weltall-Universum dem Vielfachen der Lichtgeschwindigkeit entsprochen hätte, tasteten sich ihre Strahlen an den Tunnelwänden entlang, hauchdünnen, unsichtbaren Barrieren – aber trotzdem undurchdringlich und das definitive Ende des Dwars-Universums. Bis zur nächsten Krümmung des Tunnels, zwei oder drei Sektoren weiter, blieb ihnen keine Unregelmäßigkeit in der Tunnelwand und schon gar kein Fremdkörper verborgen.

Das rot blinkende Symbol, in seiner Form einer einzelnen bauschigen Wolke am Himmel eines sonnigen Sommertages nicht unähnlich, zeigte an, dass die Driconn eines ihrer gesuchten Ziele nahe vor sich hatte.

„Wir müssen nicht einmal ein umständliches Flugmanöver einleiten", stellte Tessa fest, nachdem sie einen Blick auf weitere Piktogramme auf dem großen Monitor geworfen hatte. „Die Driconn treibt langsam auf das Ziel zu." Sie wandte den Kopf, sah Marius an und zwinkerte ihm zu. „Ich nehme an, jetzt willst Du übernehmen?"

„Driconn: Kommandowechsel. Marius Pilot, Tessa Kopilot!" Er setzte den Bordcomputer mit dieser kurzen Wortformel routiniert wie schon hunderte Male zuvor in Kenntnis und hatte nun die volle Kommandogewalt über das Raumschiff.

Dann erst ging er auf Tessas leicht spöttischen Unterton ein. „Nachdem Du die Driconn so passgenau in den Dwarstunnel gebracht hast, muss ich doch nun auch beweisen, dass ich nicht überflüssig an Bord bin, oder?"

„Streng Dich an, mein Lieber!", grinste Tessa. „Ich hab Dir ja gerade sowas von Präzision vorgegeben…!"

„Ha, da kann ich noch einen draufsetzen!", war sich Marius sicher. „Warte ein bisschen und ich liefere Dir den Beweis! Übrigens muss ich den Anflugwinkel doch noch etwas verändern."

Der Abstand zum Ziel verkleinerte sich schnell und Marius vergewisserte sich noch einmal gewissenhaft der Identität des Fremdkörpers. Ja, es war eindeutig eine Niviwolke. Sie war sogar außergewöhnlich groß, was ihn besonders erfreute. Meist waren diese Nivizusammenballungen wesentlich kleiner. Sie wurden dann gemeinhin als Niviflocken bezeichnet und ließen sich unkompliziert auf winzige Nivigrains, nicht größer als Getreidekörnchen, kompaktieren. Aber diese hier war eine besondere Herausforderung!

Er konzentrierte sich auf den größer werdenden Reflex der Wolke, deren Konturen er in einem Splitscreenfeld neben dem stetig weiterblinkenden Symbol visualisierte. Seine Hände ruhten fast bewegungslos auf dem Steuerstick an der Seitenlehne seines Pilotensessels, nur ab und zu tippte er ihn kurz an. Die entscheidenden Befehle, die Kurs und Annäherungsgeschwindigkeit der Driconn bestimmten, gab er über die visuelle Steuerung. Vor dem Kommandoplatz befindliche Sensoren verfolgten die Bewegungen seiner Augen und setzten sie in unmittelbare Reaktionen des Raumschiffs um.

Das engräumige Manövrieren eines Raumschiffes innerhalb eines Dwarstunnels beherrschten nur wenige Raumpiloten. Die meisten Raumschiffe benutzten Dwarstunnel lediglich als Durchgangsmedium, um die Flugstrecken zwischen Start- und

Zielplaneten in verschiedenen Sonnensystemen ab-
zukürzen. War ein Raumschiff mit Hilfe seines
Thorne-Hofmann-Transversators erst einmal in den
anvisierten Dwarstunnel gelangt, rutschte es buchstäblich durch den Tunnel hindurch wie ein Kirsch-
kern durch den Darm, bis es an dessen Ende nach
einer erneuten Transversion wieder in das ge-
wohnte, von Galaxien, Sternen und Planeten erfüllte Weltall-Universum zurückfiel.

Die Entdeckung der Dwarstunnel – in früheren
Zeiten wurden sie manchmal auch Wurmlöcher ge-
nannt – und der Möglichkeit, diese zu durchfliegen,
hatten die interstellare Raumfahrt erst möglich gemacht.

War zwischen zwei noch so weit entfernten Pla-
netensystemen erst einmal ein Dwarstunnel entdeckt und vermessen worden, so bot sich die Möglichkeit, diese Entfernung innerhalb weniger Tage
oder Wochen überbrücken zu können. Distanzen
von Tausenden von Lichtjahren stellten somit kein
Hindernis mehr für die weltraumfahrende Mensch-
heit dar. Den Übertritt von Raumschiffen in das
Universum der Dwarstunnel, das ganz anderen Gesetzen unterlag als das Weltall-Universum, be-
sorgte der nach seinen Erfindern benannte Thorne-
Hofmann-Transversator.

Dieser war in der Lage, in bestimmten Zonen so-
genannter „Labiler Gravitation" das Raumzeit-
Kontinuum des Weltall-Universums aufzubrechen
und das mit seinem Energiefeld umhüllte

Raumschiff in den Dwarstunnel ein- und auch wieder auszuschleusen.

Marius und auch Tessa gehörten zu den besten Raumpiloten von Covocal, Piloten, denen das Manövrieren in Dwarstunneln keine Schwierigkeiten bereitete. Natürlich nur, wenn sie in einem Raumschiff wie der Driconn saßen…

Sie waren für die Sicherheit in den Dwarstunneln zuständig. Für das Einfangen von Niviwolken und Niviflocken, deren Vorformen wie Protoschwaden und Flachnebel, für das Neutralisieren von Elementaragglomeraten, die durchfliegende Frachtraumschiffe des Öfteren hinterließen, für das Glätten von Pulsationsfrequenzen der Tunnelwände und für das Einsammeln von Transversionsschrott. Auch für die Vermessung der unregelmäßigen Driftbewegungen von Dwarstunneln war die Driconn ausgerüstet.

Heute war es eine sehr große Niviwolke, die die Driconn entdeckt hatte, eine jener lockeren Zusammenballungen aus nur hier vorkommender Materie, bestehend aus unzähligen winzig kleinen Nivi. Niviwolken waren Gebilde, die Marius besonders liebte...

Sie waren die am seltensten vorkommenden Materieanhäufungen, die die Dwarstunnel-Inspekteure antrafen. Ihre unregelmäßige Form erinnerte den einen an Schwämme, die auf dem Meeresboden aufsaßen, den anderen an Wolken, die beständig ihre Form änderten, in denen die Nivi ähnlich winzig kleinen Wassertröpfchen wild durcheinanderwirbelten. – Aber egal ob Wolke oder Schwamm, das waren alles nur behelfsmäßige Umschreibungen, die weder dem Aussehen noch dem Wesen einer Niviwolke auch nur einigermaßen nahekommen konnten. Um die Vorgänge in Dwarstunneln anschaulich beschreiben zu können, hatten sich Wissenschaftler und Tunnelinspekteure so etwas wie eine eigene Sprache aus lauter Komplementärtermini geschaffen.

Die Nivi waren einzeln überhaupt nicht zu erkennen, eine aus ihnen gebildete Flocke oder Wolke nur mit Hilfe der Instrumente; würde es in einem Dwarstunnel die Möglichkeit einer visuellen Beobachtung geben, nichts würde auf ihr Vorhandensein hindeuten.

Wehe jedoch, ein Raumschiff streifte bei der Passage des Tunnels ein solches Gebilde. Das Thorne-Hofmann-Feld, das es schützend einhüllte, würde bei einer solchen Begegnung aufgerissen und das Raumschiff wäre unweigerlich verloren.

Die Driconn näherte sich, den unausgesprochenen Steuerbefehlen ihres Kommandanten Marius gehorchend, weiter der Niviwolke. Auf dem großen Monitor, der fast die gesamte Stirnfläche der Kommandokanzel einnahm, ploppte ein weiterer Splitscreen auf.

„Die Wolke wabert direkt an der Tunnelwand entlang", konstatierte Tessa, die das aus unzähligen diffus verteilten grauen Pünktchen bestehende Bild analysierte. Der Übergang dieser Punktwolke zum tiefen Schwarz der übrigen Monitorfläche war scharf, aber nicht stabil.

„Na, soll ich doch lieber…?", fragte sie, aber ihr Tonfall verriet, dass sie Marius den Schuss keinesfalls streitig machen wollte.

„Ziemlich nahe an der Pulsation der Tunnelwand", bestätigte Marius. „Da braucht es einen echten Kunstschuss. Also bin ich hier genau richtig. Meinst Du nicht?"

Tessa setzte eine scheinbar empörte Miene auf.

Sie sahen sich kurz an und grinsten beide.

An der Außenhülle der Driconn veränderte sich die Oberfläche der Schutzmembran an einem der Wolke zugewandten Sektor. Der Bordcomputer hatte die notwendigen Parameter errechnet, Marius das Raumschiff in Position gebracht und den Befehl bestätigt, die erforderliche Abstrahlfläche zu strukturieren. Die Außenhülle der Driconn wurde in einem Kreisdurchmesser von etwa zwanzig Zentimetern zu einem Elementarteilchenemitter, der bereit war, in genau berechneten Abständen Dwarsneutronen in Richtung der Niviwolke zu schleudern.

„Position Driconn stabil, Ziel erfasst, Beschleuniger auf grün", fasste Tessa sachlich die verschiedenen Messwerte zusammen.

„Na dann los!" Den Befehl zum „Go!" gab Marius mit einer leichten Bewegung des Zeigefingers.

Dann verließ, auf unsichtbarer Spur im Dwarstunnel und erst recht unsichtbar für alle eventuellen Beobachter im sternenerfüllten Weltall-Universum, nur auf dem Monitor der Driconn visualisierbar, ein langer Strahl von Dwarsneutronen die Abstrahlfläche.

Am Beginn der langen Kette der Dwarsneutronen flogen langsame Teilchen in großen Abständen. Diese Abstände verringerten sich mit dem Fortwähren des Abstrahlens immer weiter und die vom Emitter ausgeschickten Teilchen wurden gleichzeitig immer schneller. Nach einer Emissionsdauer von mehreren Sekunden kam es an einem genau berechneten winzig kleinen Punkt mitten in der Niviwolke zu einem kritischen Zusammentreffen verschieden schneller Dwarsneutronen.

Die energetische und Massenzusammenballung, die sich exponentiell aufbaute, führte zur genau kalkulierten Interaktion mit den winzig kleinen Teilen der Wolke, den Nivi. Die Wolke implodierte einfach.

Um den punktförmigen Kern, der aus der Kollision und schließlichen energetischen Verschmelzung der Dwarsneutronen entstand, lagerten sich in dichter kristalliner Packung die Teilchen der Wolke, die Nivi. Aus der ungeordneten amorphen Struktur entstand unter dem Einfluss der aus den Dwarsneutronen freigesetzten Energie ein bis in die atomare Ebene exakt aufgebautes Kristallgerüst. Die Nivi waren keine Nivi mehr. Die Niviwolke war keine Niviwolke mehr. Sie war zu einem festen kristallinen Körper geworden.

Ja, mehr noch: Unter dem Einfluss der Bestrahlung und des energetischen Phasenwechsels der Dwarsneutronen war ein Stück Materie entstanden, das nun nicht nur in der Dimension der Dwarstunnel stabil existieren konnte, sondern auch im Weltall-Universum.

„Relikte der Niviwolke nicht mehr erkennbar, auch keine Anhäufungen von Nivi messbar. Also keine Gefahr mehr für passierende Raumschiffe", konstatierte Tessa nach einem Blick auf die Instrumente. „Du hast alles sauber abgeräumt und kristallisieren lassen. Auch die Tunnelwand zeigt keine außergewöhnliche Pulsation."

„Na sag ich doch, ein richtiger Kunstschuss." So ganz sicher war sich Marius seiner selbst ob der Größe und der schwierigen Lage der Wolke nahe der Tunnelwand nicht gewesen, nun aber froh, dass sie keine Rekonstruktionsarbeiten an der Wand vornehmen mussten.

„Dann kannst Du ja jetzt Deine Trophäe einsammeln, Marius, oder lässt Du mich das erledigen?"

„Oh nein, meine Liebe. Das Einsammeln gehört selbstverständlich dazu! Du willst es aber heute genau wissen. Hast Du vielleicht auch plötzlich Interesse an so einem niedlichen Nivikristall?"

Während er sprach, hatte er die Driconn vorsichtig an den treibenden Kristall heranmanövriert und brachte ihn mit Hilfe der Manipulatoren an Bord. Tessa beobachtete ihn dabei aufmerksam. Das musste man Marius lassen: er war der Einzige, der

Niviwolken oder Niviflocken zu solch exakten Kristallen kompaktieren konnte. Dazu hatte es langer Übung und vieler Fehlversuche bedurft. Die ersten Versuche hatten nur unansehnliche körnige Steinchen mit diversen Abplatzungen erbracht. Jetzt aber legte er allen Ehrgeiz darein, mit Hilfe des Dwarsneutronenstrahls exakte idiomorphe Kristalle zu erhalten – und in den meisten Fällen gelang ihm das.

Wenig später hielt Marius den dunkelgrünen halbdurchsichtigen Kristall in den Händen. Der Nivikristall war nicht ganz so groß wie ein Fingernagel. Er zeigte auf seiner Oberfläche eine Vielzahl ganz regelmäßig geformter glatter Kristallflächen. Es war einer der größten Nivikristalle, die die Driconn je kompaktiert hatte. Meist blieben nach der Kompaktion nur sehr kleine Nivigrains zurück, davon hatte Marius schon genug eingesammelt. Diese kleinen Dinger steckte er nur noch achtlos in seine Tasche.

Die wahre Schönheit des Nivikristalls ließ sich nur erahnen, wenn eine starke Lichtquelle auf ihn fiel. Dann reflektierte er das Licht wie das Feuer eines Brillanten. Er konnte auch noch sehr viel heller und schöner leuchten als ein solcher. Aber nicht jetzt. Jetzt schlief der Nivikristall. Zu seiner wahren Erweckung bedurfte es etwas ganz Besonderem.

Marius stellte sich immer vor, dass jede dieser kleinen Kristallflächen für eines dieser winzigen Partikel der Wolke stand, jede für einen Nivi, und jetzt hielt er einen Nivikristall in der Hand, die Gesamtzahl aller Wolkenpartikelchen. In seinen Gedanken nahmen die Nivi fast wesensähnliche Züge an, aber das war natürlich Unsinn. Außerdem wusste er sehr genau um die Größenunterschiede der molekularen Ebene, auf der sich alle gerade stattgefundenen Vorgänge abgespielt hatten und dem real berührbaren Nivikristall.

Trotzdem fragte er sich immer wieder, was diese Nivi denn wohl sein könnten? Waren sie eine ureigenste Materieform der Dwarstunnel?

„Vielleicht sind es ja auch Hinterlassenschaften fremder Wesen, die irgendwann lange vor uns durch Dwarstunnel gereist sind? Und wer weiß, was andere intelligente Wesen, die nach uns kommen, wiederum von dem halten, was wir an Teilchen aus unserer Welt in den Tunneln hinterlassen?", hatte er vor einiger Zeit sinniert.

Aber Tessa hatte nur ob seiner überbordenden Phantasie gelacht. Sie machte sich gern über seine Schwäche für die Nivierscheinungen lustig. Nun ja, sie wusste ja auch nicht das, was er wusste.

„Bestimmt hast Du in Deinem Wohnbau eine Vitrine, die schon von Nivikristallen überquillt?", stichelte Tessa auch jetzt wieder. „Zeigst Du mir die mal?"

„Nee, keine Vitrine, ich habe eine viel bessere Verwendung dafür." Er wusste ganz genau, dass Tessa ihn nur aufziehen wollte, denn wie er wusste sie natürlich, dass die Nivikristalle bis vor kurzem allesamt ins kernphysikalische Institut von Covocal gegangen waren, wo sie jahrelang ebenso detailliert wie ergebnislos untersucht worden waren.

Zum Abschluss dieser Untersuchungen waren alle Kernphysiker und Mineralogen zu der Auffassung gelangt, dass ein Nivikristall im Weltall-Universum nichts anderes darstellte als einen silikatischen Mischkristall. Ähnlich dem Mineral Augit, einem recht gewöhnlichen Kettensilikat aus Silizium, Aluminium und Sauerstoff, angereichert mit einigen schwereren Metallionen im Kristallgitter. Augite, wie sie in Massen in vulkanischen Gesteinen vorkamen, teils in Kristallform – wenn auch nicht in solch einer schönen wie ein Nivikristall – , teils aber auch unscheinbar und unansehnlich wie ein normaler Stein.

Dann hatte das kernphysikalische Institut erklärt, kein Interesse mehr an weiteren Nivikristallen zu haben. Die Nivi, die Bestandteile der Niviflocken und Niviwolken, existierten in diesem Universum, dem Weltall-Universum, nicht mehr und ihre Atome waren, den Gesetzen der Kristallographie gehorchend, als gewöhnliche chemische Elemente in ein ganz kommunes silikatisches Kristallgitter eingebaut.

Niemand wusste, dass die Nivi, eingesperrt in den Augitkristall, noch existierten. Auch Marius wusste das nicht. Aber er hatte etwas entdeckt! Er hatte herausbekommen, wann diese Kristalle ihr faszinierendes Feuer versprühten.

Um Marius' Mund spielte ein geheimnisvolles verträumtes Lächeln. Ganz offensichtlich war er mit seinen Gedanken weit weg…

Ja, er hatte eine viel bessere Verwendung für den Nivikristall! Die einzige, die den Stein wirklich zum Erglühen brachte.

- 2 -

Die Driconn stand wieder auf dem Landefeld
des Raumhafens von Covocal, einer weiten ebenen
Fläche, an deren Rand, ganz in der Ferne, ein einzelnes Gebäude auszumachen war. Die meisten
Sektoren der Startfläche waren unbesetzt und nur
durch die selbstleuchtenden Markierungen auf
dem glatten Boden zu erkennen. Das Dämmerlicht
des Tages ging wie immer in Covocal sehr schnell
in Dunkelheit über, eine Folge der schnellen Rotationsgeschwindigkeit.

Tessa und Marius hatten die Selbstwartung der
Driconn eingeschaltet und die Medienadapter für
externe Andockungen freigegeben. Innerhalb von
zwei Stunden würde das Raumschiff wieder start-
klar sein. Sie hatten zusammen die vorgeschriebene
Runde um die Driconn gedreht, um eine visuelle
Kontrolle auf Beschädigungen vorzunehmen. –
Eine alte Vorschrift, deren Aufführung in den Ma-
nuals der letzten Jahre wahrscheinlich unabsicht-
lich zu streichen vergessen worden war, die aber für
jeden Raumpiloten unabhängig davon zum Ritual
nach der Landung gehörte. So auch für Tessa und
Marius. Ein einfaches Weggehen von der Driconn

wäre ihnen wie ein Davonstehlen ohne Abschied vorgekommen.

Als dann das Autocar neben ihnen abbremste, das sie zum Terminal bringen würde, gab Marius einen letzten Statusbericht in die Speicher der Driconn ein. Damit war ihr mehrtägiger Dienst beendet. Sie warfen ihr leichtes Handgepäck in das Autocar, stiegen ein und das selbstfahrende Vehikel nahm Kurs auf das Terminal.

„Sieh mal, dieser Raumfrachter, die Glapa, steht noch immer hier", sagte Tessa, als sie an dem riesigen Schiff vorbeifuhren, das die Driconn um das Doppelte überragte. „Sollte die nicht schon vor einer Woche wieder starten?"

„Anscheinend sind die Gravitationszellen, die sie geladen hat, doch nicht so wichtig", erwiderte Marius und dann fiel ihm noch ein: „Da wird die Besatzung wohl wieder in irgendeiner Bar sitzen und Krawall anzetteln. Die genießen wirklich ihren Zwangsaufenthalt in Covocal."

Tessa schürzte die Lippen. „Genießen nennst Du das? Ich weiß ja nicht. Aber wahrscheinlich ist Krawall machen das Einzige, was ihnen hier die Langeweile vertreiben kann. Es gibt doch wahrlich aufregendere Orte als dieses weltvergessene Covocal."

Die leere Startfläche, über die sie noch immer rollten, schien ihre Bemerkung demonstrativ zu unterstreichen. „Ich jedenfalls bleibe nicht ewig hier", setzte sie etwas leiser hinzu und sah dabei Marius lange prüfend an. Ein wehmütiger Zug huschte über ihr Gesicht.

Marius war diese Stimmung an ihr schon des Öfteren aufgefallen, aber er war nie richtig darauf eingegangen. Was konnte er da auch schon sagen? Vielleicht war es ja einfach eine Laune, die Tessa in Abständen ergriff?

„Sieh doch selbst, Marius: ein leerer Raumhafen, eine Stadt, die hauptsächlich von Automaten bevölkert wird und deren eindrucksvollste Gebäude Funkstationen und Observatorien sind. Man ist ja direkt froh, mal einen Menschen zu treffen und das aufregendste Ereignis seit langer Zeit ist es, wenn mal eine Raumschiffbesatzung ein paar Tage lang rumrandaliert."

„Na so schlimm ist es doch auch nicht", versuchte es Marius etwas unbeholfen, „es gibt hier schließlich auch…"

„Nee, nee, lass mal!", bremste Tessa. „Da sind wir einfach weit auseinander mit unseren Ansichten. Ich bin hierhergekommen, weil ich nur hier Pilotin eines Inspektionsschiffes werden konnte." Und viel leiser, so dass Marius es nicht verstehen konnte, setzte sie hinzu: „Und ohne Dich wäre ich hier schon wieder weg."

Während der ganzen Zeit war das Autocar über die leere Startfläche gerollt. Begegnet waren sie dabei nur einem sechsrädrigen Wartungsrobot, der ganz eindeutig auf die Driconn zusteuerte. Sonst herrschten Leere und Dunkelheit. Sogar die

Konturen der Glapa waren jetzt in der Nacht verschwunden.

Dann tauchte vor ihnen der fensterlose quaderförmige Betonblock des Raumhafenterminals auf. Bis auf vier oder fünf Lichter an seiner Oberkante lag auch er in völliger Dunkelheit. Bevor sich die Torflügel zur Seite schoben und das Autocar einfuhr, hatten sie noch einen kurzen Blick auf die beiden kleinen Raumflitzer des MDC, des „Medizinischen Dienstes Covocal", die hier stets in Bereitschaft standen. Auch sie hatten schon eine Zeitlang nichts zu tun gehabt…

Als das Autocar hielt, hatte sich Tessa offensichtlich wieder gefangen. Leichtfüßig sprang sie hinaus, schnappte sich ihre Tasche und rief: „Ich gehe jetzt unter die Dusche, danach unter die Lichtdusche, anschließend bringe ich meinen Massagerobot zum Glühen, und dann werde ich ganz lange schlafen!"

„So ist es richtig", erwiderte Marius, erleichtert darüber, dass Tessa anscheinend wieder ganz die alte war – optimistisch, burschikos, pragmatisch, ein richtig guter Kumpel eben.

Sie umarmten sich zum Abschied, wobei Tessa ihn etwas länger festhielt als er sie. Einem – selbstredend nicht vorhandenen – Beobachter wäre wohl auch noch aufgefallen, dass sie ihren Kopf ein bisschen fester an seine Schulter drückte, als dass man es noch als rein kumpelhaft hätte bezeichnen können.

„Und pass auf Deinen Nivikristall auf!", rief sie ihm zu, schon ein paar Schritte enteilt.

Komisch, genau an den dachte Marius in genau demselben Moment. Ja, es schien ihm sogar, als hätte der Kristall in seiner Tasche gerade eben ein wenig vibriert. Was natürlich Quatsch war.

Marius wechselte das Autocar und nannte dem Computer eine Adresse in der Stadt, gar nicht so weit entfernt von dem Ort, nach dem er sich seit Tagen sehnte. Aber diese Kleinigkeit musste er zuvor noch erledigen.

Wer mit dem Autocar durch das abendliche Covocal fuhr, konnte sich wohl tatsächlich des Eindrucks einer gewissen Trostlosigkeit nicht erwehren. Nur selten sah man Menschen die Straßen entlanggehen oder in anderen Autocars vorbeifahren. Die meist fensterlosen Fassaden der weit auseinanderliegenden Gebäude waren bis auf einige Lichter dunkel, der Wind trieb Blätter und weggeworfenen Unrat von Straßenecke zu Straßenecke und auch die typischen Geräusche eines Stadtlebens wie Lachen, Johlen, Hämmern, Quietschen oder wie auch immer gab es nicht.

Der nächste Mensch, den Marius von Angesicht zu Angesicht sah, war sein alter Freund Bengolf im Rohstoffkontor. Bengolf arbeitete dort im Labor und analysierte die vielfältigen Posten und Granulate von Edelmetallen, Hochleistungskeramiken und dergleichen mehr auf ihre Zusammensetzung und ihren Reinheitsgrad, bevor sie von Covocal aus umgeschlagen und auf andere Planeten verfrachtet wurden. Das heißt natürlich, er machte das nicht selbst, sondern überwachte die automatisierten Abläufe dieser Prozesse.

„Hi Marius, was bekomme ich von Dir, wenn ich errate, was Dich herführt?", begrüßte ihn Bengolf.

„Hast schon verloren, Bengolf", grinste Marius. „Ich wollte Dich sehen und einen Schluck zu trinken aus Deinem Kühlschrank."

„Du unterschätzt meine Intelligenz, mein Lieber!", spielte Bengolf den Gekränkten, hatte aber schon zwei Trinkzylinder in der Hand.

Sie genossen schweigend die ersten Schlucke des goldgelben Getränks aus Covocal-Früchten, das Bengolf stets mit einigen Tropfen eines selbsterfundenen Additivs zu „veredeln" pflegte. Die Ginnote war dabei unverkennbar…

„Na dann zeig ihn mir mal her. Wie groß ist er denn?"

Marius holte den Nivikristall aus der Tasche und zeigte ihn Bengolf. „Die ideale Größe für einen Anhänger, findest Du nicht auch?"

„Ach, Deine Liebste ist zu beneiden!" Bengolf drehte den Kristall zwischen Daumen und Zeigefinger. „Ich würde sagen, dazu passt eine zarte Fassung aus einem Titaniumdrähtchen und ein anthrazitfarbenes Band. So kommt der Stein am besten zur Geltung."

„So habe ich mir das auch gedacht", stimmte Marius zu. „Wollen wir gleich…?"

„Wow, Du hast es ja eilig, Großer!" Bengolf nahm noch einen Schluck und stand auf. „Aber ich versteh's ja. Warst jetzt wieder fünf Tage auf Patrouille?"

„Ja, und froh, zum Schluss noch eine große Niviwolke zu erwischen. Habe ich die nicht schön geschrumpft?"

„Glatte, regelmäßige Kristallflächen, keine Abplatzer und keine Brechungsinhomogenitäten", stellte Bengolf fachkundig fest, den Nivikristall mit einer starken Lupe beäugend. „Besser geht's nicht!"

Bengolf, der Bastler, klemmte den Stein vorsichtig in eine Maschine. Auf dem Bildschirm seines Rechners sahen sie sich mehrere passende Modelldarstellungen an, und als sie die passende Vorlage ausgewählt hatten, setzte Bengolf die feinen Manipulatoren der Maschine in Betrieb. Noch ehe sie den zweiten Trinkzylinder geleert hatten und Bengolf den neuesten Klatsch aus Covocal zum Besten gegeben hatte, hielt Marius den Anhänger mit dem alpseegrün blitzenden Nivikristall in der Hand. Er drehte ihn vorsichtig zwischen den Fingern und es schien ihm, als leuchte der Stein dabei heller als zuvor.

„Das liegt an meiner Fassung!", behauptete Bengolf ernsthaft. „So wie Du die Nivi gekonnt im Dwarstunnel eingefangen hast, habe ich dem Stein sozusagen den letzten Schliff verpasst."

„Hast Du toll gemacht, Bengolf! Was würde ich ohne Dich bloß anfangen?"

„Nicht gleich übertreiben, Großer. Dafür gehen wir die nächsten Tage mal einen trinken, ja? Und nun ab mit Dir. Ich weiß doch, wo Du hinwillst. Bestell ihr Grüße von mir!"

Und als Marius sich schon zum Gehen wandte, rief er ihm noch nach: „Und nimm Dich vor diesen streitlustigen Typen von der Glapa in acht!"

Marius hörte diese Ermahnung nur noch mit halbem Ohr. Das herbeigerufene Autocar brachte ihn zum Logistikstützpunkt 2 von Covocal. Hier arbeitete sie.

Es musste Gedankenübertragung sein. Noch während Marius in der Eingangshalle stand und überlegte, ob er den Aufzug nehmen oder sie anpiepsen sollte, kam sie ihm entgegen.

Sie kam die Treppe herab. Nicht zu langsam und nicht zu schnell. Während sie anmutig Stufe für Stufe hinunter in die Vorhalle nahm, hüpfte Marius' Herz im selben Rhythmus höher und höher. Wie benommen blieb er stehen und hatte nur noch Augen für sie. Sein Blick hing gebannt an ihrer Gestalt und nahm gleichzeitig jede einzelne Bewegung wahr. Er sah ihre engsitzenden Jeans und den hellblauen Pullover mit dem weißen Kragen, den er so sehr an ihr mochte. Über der Schulter trug sie ihre unvermeidliche Lieblingshandtasche. Ihr volles blondes Haar wurde durch eine Spange im Nacken gehalten, eine einzelne Haarsträhne hatte sich jedoch selbständig gemacht und wippte auf ihrer Stirn. Ihre hellblauen Augen waren aufmerksam auf die

Treppenstufen gerichtet. Noch hatte sie Marius nicht entdeckt.

Dies geschah, als sie die letzte Stufe in die Vorhalle genommen hatte und aufblickte. Sofort sah sie Marius. Von einem Moment auf den nächsten ging ein Ruck durch sie, sie richtete sich auf, und ihr sachlich konzentrierter Gesichtsausdruck machte einem überraschten Lächeln Platz. Ihre großen strahlenden Augen umfassten ihn und ließen ihn nicht mehr los. Die Zeit schien wie angehalten. Die Umgebung ausgeblendet. Alle Geräusche ringsum verstummt. Ganz kurz nur, aber doch auch eine kleine Ewigkeit.

Dann eilten sie aufeinander zu und lagen sich in den Armen.

„Marius!"

„Elena!"

Mehr ging in diesem Augenblick nicht. Sie umarmten sich einfach und fühlten nur noch den anderen. Ja, er war da. Ja, sie war da.

Ihre vorwitzige Haarsträhne kitzelte ihn am Kinn. Er fühlte ihren Körper und er fühlte ihren schnellgehenden Atem. Und der Nivikristall hüpfte fast ein wenig in seiner Tasche.

Seinen Arm um Elenas Schulter gelegt, verließen sie zusammen das Gebäude. Sie schmiegte sich an ihn und noch immer bebten beide vor innerlicher Bewegung. So war es immer, wenn Marius von einem Flug zurückkam und sie sich trafen. Jedes Mal waren sie so überschwänglich freudig aufgewühlt.

Dabei war es im Grunde nichts Neues, es war jedes Mal ähnlich. Und doch jedes einzelne Mal neu und aufregend.

Zurück in der Vorhalle blieben ein paar Menschen, die auch im Logistikstützpunkt 2 von Covocal arbeiteten. Einige hatten ebenfalls Arbeitsschluss, wieder andere holten sich wohl einen Imbiss aus der Automatenküche. Manche hatten Elena und Marius gesehen und lächelten still in sich hinein ob des anrührenden Anblicks, andere waren in Gedanken versunken durch die Halle geeilt, ohne nach links und rechts zu schauen.

Und am Eingang zur Automatenküche stand eine dunkelhaarige junge Frau, die gerade einen Wrap aß. Eine Spitze ihrer schwarzen Stiefeletten klackerte in schnellem Rhythmus auf dem Fußboden und mit einer ungeduldigen Kopfbewegung warf sie ihr Haar zurück. Sie hatte die beiden ebenfalls gesehen und ihre Stirn hatte sich dabei in Falten gelegt. Ihre Augen zogen sich zu schmalen Schlitzen zusammen, als sie die beiden hinausgehen sah. Mit einer finsteren Entschlossenheit biss sie erneut in ihren Wrap, so dass Gemüsestückchen und Soße in hohem Bogen auf den Fußboden spritzten.

- 3 -

Der Rest des Tages gehörte ganz Marius und Elena. Sie schlenderten ein Stündchen durch die „Pirigley", ein beliebtes Einkaufszentrum in Covocal mit vielen Abwechslungen, aßen dort auch etwas und fuhren mit einem Autocar heim.

Der Wohnbau sah nicht anders aus als die meisten Unterkünfte in Covocal. Ein quaderförmiger fast fensterloser dunkler Kasten, vier Etagen hoch, der nur durch eine Mosaikarbeit und eine Zahl über dem Eingang von anderen zu unterscheiden war. Da in Covocal fast immer Dunkelheit oder dichter Nebel herrschten, vermisste niemand die Fenster. Oder – andersherum – alle Einwohner vermissten wohl Fenster, hatten sich aber wohl oder übel an die künstliche Beleuchtung allerorten gewöhnen müssen, die man versucht hatte, an das Spektrum eines Sterns der Spektralklasse G anzupassen.

Kaum war die Tür hinter ihnen zugeschlagen, ließen beide alles fallen, was sie in den Händen trugen, und lagen sich in den Armen. Marius spürte, wie sich Elena eng an ihn schmiegte, er tastete nach ihren Schultern, nach ihrem Rücken, nach ihrer Taille, so als wolle er sich versichern, dass noch alles da sei. Seine Hände glitten tiefer an ihr herab, er spürte ihre festen Pobacken, ihre Schenkel…

Diese eine vorwitzige Haarsträhne Elenas kitzelte ihn am Kinn und am Hals spürte er ihren schnellgehenden Atem. Nach kurzem Tasten hatte er ihre Haarspange geöffnet und fuhr mit den Händen durch ihr dichtes blondes Haar. Er hob ihren Kopf und sie versanken in einem langen begierigen Kuss.

„Du warst lange weg", flüsterte Elena, als sich ihre Lippen trennten.

„Ich weiß." Er zog sie wieder an sich und küsste sie erneut. Seine Zungenspitze streichelte ihre Lippen, glitt an ihren Zähnen entlang und fand ihre Zunge. Ein Spiel, das ihr Begehren nur noch weiter steigerte.

„Komm!" Elena fasste Marius bei der Hand und sie konnten gar nicht schnell genug das Bett erreichen. Halb ungeduldig ziehend, halb stolpernd entledigten sie sich ihrer Kleidung, die einen wirren Haufen auf dem Fußboden bildete. Dann spürten sie sich ganz.

Ihre Körper verschlangen sich umeinander und ineinander und beide überkam dieses Beben von innen heraus, das nur derjenige spürt, der den anderen mit Haut und Haar unsterblich liebt. Ein Beben, das den ganzen Körper erfasst und verlangt, möglichst viel vom anderen zu spüren, zu ertasten, festzuhalten.

Elena stöhnte entrückt auf, als er in sie eindrang. Es war kein langsames Zu-ihr-kommen, es war der Hunger nach der Geliebten, der Augenblick, der ihm in den letzten Tagen stets als Ziel seiner Wünsche vor Augen gestanden hatte.

Er spürte sie, ihr Verlangen, ihr Entgegenkommen, ihre Lust. Seine Sinne nahmen das Beben ihres warmen Körpers unter ihm wahr. Seine Bewegungen wurden schneller. Es war egal, ob und was ringsumher geschah. Es gab nur sie beide. Es gab seine Hände, die ihren Körper ertasteten, als hätten sie ihn noch nie berührt, es gab die schnellen Küsse zwischen ihren Bewegungen, es gab ihre durchtrainierten festen Schenkel, die ihn abwechselnd zu erdrücken schienen und wieder freigaben. Und dann diesen Moment der Erfüllung, in dem sie beide aufschrien, in dem Elena ihre Fingernägel in seinen Schultern verkrallte und die Augen weit aufriss. Den Moment, in dem sie alles wahrnahm, was er ihr gab, und in dem alles in ihr aufleuchtete, was er ihr war.

Noch immer bebend – oder schon wieder – lagen sie beieinander, hörten ihre Herzen schlagen und waren Eins. Ihr Körper zuckte, als er zärtlich seine Hand auf ihren Bauch legte.

„Du hast bestimmt Durst?" Elena war die erste, die nach einem langen wunschlos glücklichen Nebeneinanderliegen, die Hände auf dem Körper des anderen ruhend, allmählich wieder zu Atem gekommen, Worte fand.

„Oh ja, Süße, aber der Weg zum Kühlschrank ist weit."

„Zum Kühlschrank schon, aber nicht zum Trinken." Elena zauberte eine Flasche neben dem Bett hervor.

„Du bist süß!" Marius nahm einen tiefen Schluck und gab Elena die Flasche zurück.

Sein Blick hing wie magisch gebannt an ihr, als sie sich halb aufrichtete und selbst trank. Ihr fülliges blondes Haar war verwuschelt und bedeckte in dieser Stellung noch malerischer ihre wohlgeformten Brüste und ihre Schultern. Ihr Hals, in leichter Bewegung vom Schlucken des Getränks, lud geradezu zum Küssen ein. In ihm erwachte schon wieder das Verlangen, sie zu berühren und zu streicheln. Wie bedauerlich, dass er nur zwei Hände hatte.

„Was guckst Du?", fragte Elena. „Bin ich etwa dicker geworden?"

Er wusste, dass sie sich als zu dick empfand und ihre Brüste als zu klein, eine Auffassung, die er überhaupt nicht teilen konnte.

„Du bist perfekt, Süße!" Er stützte sich mit einer Hand ab und tastete mit der anderen nach ihrer Brust. Sofort spürte er, wie ihre Brustwarze hart wurde. „Und zwar überall!"

„Charmeur!", grinste sie. „Aber erzähl ruhig weiter."

„Das meine ich ganz ernst", sagte Marius ein wenig unbeholfen. Wenn sie doch endlich einmal glauben würde, dass er sie aus seinem Innersten heraus unwiderstehlich fand, und zwar ganz genau so wie sie war! Dann fiel ihm noch etwas ein: „Ich habe da vielleicht eine Kleinigkeit, die Deine Perfektion noch unterstreichen könnte."

Marius krabbelte zum Fußende des Bettes, beugte sich über den Rand und nestelte an seiner Jackentasche. Er schien nicht sofort zu finden was er suchte, was Elena ausnutzte, um ihm ein paar zärtliche Klapse auf das Hinterteil zu geben.

„Lass Dir Zeit beim Suchen!"

„Hier ist es schon." Marius hielt den Anhänger mit dem Nivikristall in der Hand. Obwohl im Raum Halbdunkel herrschte, blitzte und funkelte der Stein in seiner Hand. Sein hellgrünes Feuer, das er aus allen Facetten warf, schien einer Lichtquelle im Inneren des Steins zu entspringen. Aber das war natürlich nicht möglich.

„Ist der schön!", rief Elena aus. „Für mich?"

„Für wen denn sonst, Süße?" Marius legte ihr das Band um den Hals und schloss es. Ihre Gesichter dabei dicht voreinander, verloren sie sich in einem langen zärtlichen Kuss.

Dann hielt Elena den Stein lange in ihrer Hand und bewunderte ihn von allen Seiten. „Sag mal, ist das auch wieder so ein Nivi... Nivi...?"

Marius nickte. „Ja, ein Nivikristall, der größte, den ich bisher eingefangen habe."

„Also auch so etwas wie die beiden Steine an dem Armband, das Du mir neulich geschenkt hast?"

Elena griff auf den Nachttisch. Als sie sich wieder umdrehte, hatte sie das Armband mit den zwei winzig kleinen Nivikristallen in den Händen. Sie legte es vorsichtig aufs Bett. Alle drei Steine funkelten und glitzerten wie wild in schnell wechselnden hellen Grüntönen, heller als jede Leuchtdiode.

„Guck Dir das an", sagte Elena verträumt. „So etwas Schönes habe ich noch nie gesehen! Man könnte fast denken, sie leben und unterhalten sich."

„Könnte man vermuten, wenn man dieses fließende Farbenspiel sieht", bestätigte Marius. „Ist aber nicht so. Es sind nur anorganische Kristalle, aber ausgesprochen schöne. Im Dwarstunnel waren sie einmal fremde exotische Materie, eine riesige Ansammlung von Nivi, zusammengeballt in kosmischen Dimensionen in einer Art Wolke. In unserem Universum erscheinen sie als silikatische Kristalle."

„Dann bringt unsere Liebe sie so zum Leuchten", beharrte Elena. „Sie sind jedenfalls etwas ganz Besonderes, etwas Magisches!"

„Das sind sie, Süße! Und Du bist die einzige Frau in Covocal, die so etwas trägt. Du bist nämlich auch etwas ganz Besonderes!"

Sie umarmten sich und es war ganz offensichtlich, dass ihr Glück vollkommen war. Es war vollkommen von jenem ersten Tag an, an dem sie sich zufällig in einem kleinen Bistro in Covocal begegnet waren.

Ein Jahr war das nun schon her und ihre Liebe zueinander, ihr Begehren und das buchstäblich ständige Denken an den anderen hatten in dieser Zeit nie nachgelassen. Im Gegenteil, es war immer mehr und immer intensiver geworden. Das war schon fast unheimlich! Irgendwann musste doch mal Routine in ihrer Beziehung Einzug halten, irgendwann musste doch alles mal „normal" werden? Nicht bei Elena und Marius.

„Erzähl mir von den Nivi", bat Elena.

Sie hielt den Stein des Anhängers vorsichtig fest, ihr war, als übertrage sich das Blitzen des Nivikristalls wie winzige Vibrationen auf ihre Hand. Ihr Blick wechselte liebevoll und gespannt zwischen Marius und dem wie entfesselt leuchtenden Stein.

„Du weißt ja, dass es in einem Dwarstunnel keine solche Materie gibt wie hier im Weltall-Universum", begann Marius bereitwillig. „Alle Erscheinungs- und Bewegungsformen der Materie sind dort anders. Menschliche Raumschiffe können nur mit Hilfe eines Thorne-Hofmann-Transversators in diesen Raum vordringen und wir müssen dieses Kraftfeld dort aufrechterhalten, um nicht in unsere atomaren Bestandteile zerlegt zu werden. Und wenn ich Dir jetzt etwas über Nivi, Nivigrains, Nivikristalle und dergleichen erzähle, so verwende ich Begriffe aus unserer eigenen Welt, um anschaulich zu bleiben."

Elena nickte. Das war jetzt ihr sachlicher, konzentrierter und in strukturierter Logik sprechender

Marius, der Marius, den sie genauso liebte wie den ungestümen und jungenhaften.

„Nach der Entdeckung der Dwarstunnel, die es erst möglich machen, andere Planetensysteme in kurzer Zeit zu erreichen, gab es immer wieder Unfälle mit Raumschiffen in diesen Tunneln.

So tauchten beispielsweise nach einer Rücktransversion nur Trümmerteile von Raumschiffen wieder im Weltall-Universum auf, einmal auch ein Raumschiff, das wie in der Mitte durchgeschnitten war, und die andere Hälfte wurde bis heute nicht gefunden. Es gab auch Raumschiffe, die nie wieder den Weg zurück ins Weltall-Universum schafften, und die Dwarstunnel waren in diesen Fällen hinterher unbenutzbar. Sie waren in sich verdreht oder ihre Ein- und Ausstiegskoordinaten hatten sich weit verschoben. Erst nach aufwändigen Messungen konnten die Thorne-Hofmann-Transversatoren anderer Schiffe so programmiert werden, dass sie den Eintritt wieder schafften und auch unbeschadet an ihren Zielorten ankamen."

Elena nickte. Ja, das hatten sie alle in ihrer Ausbildung gelernt. Diese gehäuften Katastrophen waren noch gar nicht so lange her, zirka zehn bis fünfzehn Jahre vielleicht. Aber wie schnell gerieten Ereignisse in Vergessenheit, wenn die Entwicklung stürmisch weiterschritt. Es zählte immer nur das Jetzt und das Vergangene versank rasend schnell im Strudel der Zeit. Die neuen Direktiven, die beständig auf sie einprasselten, drückten die

Vergangenheit ohne jede Aufarbeitung in die Welt des Unwirklichen. Und die agierenden Menschen dazu.

Gedankenverloren streichelte Elena Marius' Arm.

Und wir beide gehören irgendwann auch dazu, dachte sie.

„Es war Nicolai Serla, der sich mit seinem Team um die weitere Erforschung der Dwarstunnel verdient machte. Wer weiß, vielleicht würden wir diese Wege ohne ihn heute gar nicht mehr nutzen können. Er wies nach, dass die Dwarstunnel gar nicht so leer waren wie man immer vermutet hatte. Er fand viele Elementarteilchen und Objekte darin, einige wurden später nach ihm benannt. Auf ihn geht die Materienomenklatur der Dwarstunnel zurück."

„Er hat auch die Nivi entdeckt, nicht wahr?", fragte Elena. „Diese ganz ganz kleinen Teilchen? Ich habe davon schon gehört, aber das war alles so abstrakt. Ich hätte nicht gedacht, dass ich einmal so nahe in Berührung mit ihnen kommen würde." Bei ihren Worten zwickte sie ihn liebevoll in den Arm.

„Ja, diese ganz kleinen Teilchen", bestätigte Marius und zwickte sie zurück, allerdings woanders. Ganz kurz glitten seine Gedanken ab. Wir können uns einfach nicht loslassen, dachte er, das geht überhaupt nicht! Ach Elena, was bist Du süß!

„Die Serlablitze sind zum Beispiel nach ihm benannt, so etwas wie spontane Entladungen in den

Dwarstunneln. Und die Nivi hat er auch entdeckt und als erster ausführlich beschrieben. Diese sind weit verbreitet in den Dwarstunneln. Zu einer Gefahr für Raumschiffe werden sie aber nur, wenn sie sich zusammenballen, wenn es viele Millionen von ihnen sind, Niviflocken oder Niviwolken. Vielleicht gibt es auch noch weitere bisher unentdeckte Erscheinungsformen.

Und dann kommen wir ins Spiel. Mit der Driconn können wir diese Gebilde aufspüren. Die Milliarden Nivi einer Niviwolke schrumpfen wir einfach auf einen Körper von Fingernagelgröße und dann fangen wir ihn ein."

Marius schnipste mit dem Zeigefinger leicht an den Stein, den Elena noch immer in der Hand hielt.

„Daneben gibt es natürlich noch viele Teile in den Dwarstunneln, nicht zuletzt die, die unsere eigenen Raumschiffe hinterlassen haben, die sammeln wir auch gleich mit ein. – Du bist also sozusagen mit einem Straßenfeger zusammen."

„Aber mit einem schnuckeligen Straßenfeger!"

Elena rückte noch näher an Marius heran und sie küssten sich leidenschaftlich. Er streichelte zärtlich ihren Rücken, ihren Po, ihre Schenkel. Er spürte die winzig kleinen niedlichen Härchen auf ihrem Rücken, die er so sehr mochte. Er spürte ihr neuerliches Erbeben und die Gänsehaut, die sofort ihre Schenkel überzog. Seine Fingerspitze fuhr langsam von ihrem Haaransatz bis zur Pospalte und zurück. Sie stöhnte vor Wonne.

Es war ein neues Begehren, das in ihnen erwachte und sie kosteten es langsam, ganz langsam aus. Jede Stelle ihrer Körper wollte geküsst, gestreichelt und liebkost werden. Das tiefe Fühlen ineinander versetzte sie wie in Trance. Beide. Stundenlang.

Schließlich lagen sie erschöpft nebeneinander, schwer atmend, doch von einem unglaublichen Glücksgefühl beseelt. Sie kuschelten sich aneinander, Elenas Kopf auf Marius' Schulter. Ihre Finger spielten mit seinem Brusthaar und der zwischen ihnen liegende Nivikristall sprühte ein hellgrün leuchtendes Feuer wie nie zuvor. Verliebt und verträumt schauten beide auf den Stein.

„Was mögen die wohl in ihrem Universum sein, diese Nivi?", rätselte Elena. „Du sagst, sie sind keine Materie in unserem Sinne. Können sie ja auch nicht sein, da sie aus den Dwarstunneln kommen. Aber was sind sie? Wie gelangen sie in die Dwarstunnel hinein? Kommen sie vielleicht aus einem ganz anderen Universum? Vielleicht sind sie gar Überbleibsel einer alten Zivilisation, die vor Urzeiten schon die Dwarstunnel benutzte? Kann denn ein normaler Kristall so leuchten wie dieser hier? – Guck doch bloß mal!"

Beide konnten sich an dem Nivikristall nicht sattsehen. Er schien ihnen eine Show vorzuführen. Sein Leuchten wechselte von einem fast schon weißlichen Hellgrün bis zu einem kräftigen Dunkelgrün. Immer, wenn er sich bei Marius' Atembewegungen auch nur ein kleines Stück bewegte, blitzten Dutzende von Facetten auf seiner Oberfläche auf. Es war nur ein kleiner Stein, aber so zwischen ihnen liegend schien er wie ein Vulkan.

„Er strahlt so hell, weil er sich an uns erfreut", lächelte Marius. „Ich wüsste keine andere Erklärung. Nur unsere Liebe schafft das!"

Elena schaute ihn verträumt an. „Ja, Liebster, nur wir beide!"

Keine der vielen Untersuchungen und Tests im kernphysikalischen Institut hatte jemals ein solches Leuchten hervorgebracht. Für die Wissenschaftler waren die Nivikristalle nichts anderes als stöchiometrisch eindeutig definierte und wohlbekannte Silikate. Darum hatte man sie, als ihr Chemismus und ihre Kristallographie geklärt waren, sauber beschriftet in Sammlungsschränken abgelegt und öffentlich verfügt, dass von Seiten der Wissenschaft kein Interesse an weiteren Probenstücken bestehe.

„Ich glaube, die Nivi spüren unsere Liebe. Sie erfreuen sich daran. So etwas haben auch sie noch nicht gesehen…"

Marius angelte nach der Zudecke und zog sie höher. In derselben Stellung, dicht aneinander geschmiegt, schliefen sie ein.

- 4 -

Marius' freie Tage in Covocal vergingen wie im Flug. Elena und er waren viel in der Pirigley-Passage unterwegs, stöberten dort in den Buch- und Kramläden, besuchten mehrfach die Kunstgalerie im Obergeschoss, probierten verschiedene Cocktails, die gerade in Mode waren und erfreuten sich an der gelungenen farbenprächtigen Ausgestaltung der ganzen Passage. Mit einem speziellen mechanischen Autocar, das auch abseits der Induktionsspuren Covocals fahren konnte, machten sie kleine Ausflüge ins nahe Gebirge und einmal zeigte ihr Marius auch den Raumhafen. Dort trafen sie zufällig Tessa.

Elena war über diese Begegnung anscheinend nicht so erfreut, Marius schien es, als sei sie aus irgendeinem Grunde eifersüchtig. Sie beobachtete Tessa sehr aufmerksam und warf nur ein paar unverbindliche Worte in das Gespräch ein.

Dabei hat sie das gar nicht nötig, dachte Marius verwundert. Tessa ist doch einfach nur meine Kopilotin. Gut, wir sind sehr miteinander vertraut, das ist nun mal so, wenn man oft tagelang auf engstem Raum zusammenlebt und schwierige Situationen zusammen durchsteht. Aber mehr ist da doch nicht!

An diesem Abend grübelte Marius noch eine Weile über die Begegnung am Raumhafen nach. Als er im Geiste Tessa vor sich sah, fiel ihm wohl zum ersten Mal auf, wie hübsch sie war. Er sah ihre schlanke Figur vor sich, ihre langen glatten Haare, die ein Gesicht einrahmten, in dem stets ein leises Lächeln stand – und ein Blick, der ihn ein wenig anzuhimmeln schien. Aber überhaupt kein Vergleich zu Elena! Und damit war das Thema in Marius' Gedanken abgeschlossen. Es gab keinen Grund, noch einmal darauf zurückzukommen.

Am nächsten Tag waren sie wieder zusammen unterwegs, besuchten ein Konzert, philosophierten stundenlang über Nivi und Dwarstunnel, liebten sich und lasen sich gegenseitig ihre Lieblingsgeschichten vor. Das liebte Elena besonders.

An jedem zweiten Tag musste sie zur Arbeit in den Logistikstützpunkt 2 und Marius brachte sie stets zu ihrer Schicht.

„Es wird immer schwieriger", klagte Elena, nachdem Marius sie an diesem Abend abgeholt hatte und sie daheim waren. „Wir können die angeforderten Energiemengen kaum noch generieren. Jeden Tag müssen wir Abschaltungen an mehreren weniger wichtigen Anlagen vornehmen." Neben der periodischen Warenverteilung auf Covocal gehörte die Zuweisung von Kraftstoffen und anderen Energieträgern zu Elenas wichtigsten Arbeitsaufgaben.

„Wie kommt das?", fragte Marius. „Ich hatte immer das Gefühl, Covocal hätte ein ausreichendes Sicherheitspolster."

„Das war einmal. Neuerdings denke ich manchmal, die Welt hätte Covocal vergessen. Die Solarmodule im Orbit müssten seit zwei Jahren dringend gewartet werden. Die Justierung der Energieübertragung aus dem Orbit an unsere Energiezentrale muss auch erneuert werden. Wir haben Verluste bis zu 50 Prozent. Und von unseren Reservereaktoren hier unten stehen auch zwei ständig still…"

„Komisch, so etwas Ähnliches sagte Tessa neulich auch", überlegte Marius. „Covocal ist von allem abgehängt. Die Dwarstunnel sauberhalten können wir für die vielen Raumschiffe gern, aber sonst kümmert sich keiner um uns hier."

„Ach so, Tessa sagt das auch? Na dann muss es ja stimmen." Wieder sah sie ihn ähnlich forschend an wie nach der Begegnung am Raumhafen. War da irgendetwas zurückgeblieben?

„He, meine süße Elena, wie Du das sagst! Ich meinte einfach nur, dass ihr beide diesen Eindruck habt, jede aus ihrem Blickwinkel. Es ist wahrscheinlich wirklich so. Covocal ist das Ende der Welt. Aber Du hast doch nichts gegen Tessa, oder?"

„Und wenn?", gab sie schnippisch zurück. Doch im nächsten Moment lag sie in Marius' Armen. „Tut mir leid. Ich bin einfach ein bisschen schräg drauf wegen all dieser Sachen. Und dann ärgere ich mich auch noch über Matilda."

„Deine Kollegin, mit der Du immer so gut klarkamst?", fragte Marius nach. „Was ist mit ihr?"

„Ach, in letzter Zeit verstehen wir uns einfach nicht mehr. Wir finden keinen Gesprächsfaden mehr, sie ist wie ausgewechselt. Außerdem schaltet und waltet sie selbstherrlich wie sie will, greift willkürlich in die Warenströme ein, ohne jemanden zu fragen. Wir hätten schon längst den Treibstoff für die Glapa synthetisiert haben müssen, damit sie weiterfliegen kann. Stattdessen leitet sie die produzierten Kraftstoffe in die Stollenvortriebsmaschine eines Bergwerksprojektes, das überhaupt keine Priorität hat."

„Aber das hat sie doch gar nicht allein zu bestimmen, oder?"

„Keiner legt sich mit ihr an. Unser Chef auch nicht, der lässt den Laden einfach laufen. – Kann schon sein, dass es mit Covocal einfach nur bergab geht…"

„Naja, es gibt schon einige Veränderungen. Nicht immer zum Besten", gab Marius zu.

„Außerdem deutet sich bei uns auch ein Personalumbau an. Unser Chef wird Covocal verlassen. Ich habe schon mal überlegt, ob Matilda vielleicht auf seinen Posten spekuliert. Dann sieht sie mich vielleicht als Konkurrentin?"

„Hat sie so etwas mal gesagt?", erkundigte sich Marius.

„Höchstens indirekt. Ich könnte es mir aber vorstellen, denn Matilda ist ehrgeizig. Jedenfalls ist die

Stimmung zur Zeit nicht gut, und dass Matilda und ich nicht mehr miteinander klarkommen, bedrückt mich schon."

„Aber wir haben uns, Süße!", versuchte Marius ihre düstere Stimmung wieder aufzuhellen.

„Ja, wir haben uns! Alles andere ist letztlich egal." Und sie versanken ineinander und ganz Covocal war ihnen einerlei. Die drei Nivikristalle, der große genauso wie die beiden kleineren, leuchteten und blitzten und blinkten mit ihnen um die Wette, so als nähmen sie an ihrem Glück teil.

Zwei Tage später kam Elenas ungute Stimmung im Logistikstützpunkt 2 wieder hoch. An diesem Morgen war Marius mit Elena zu ihrem Arbeitsplatz gefahren und dann weiter zum Raumhafen. Für ihn begann am Vormittag der nächste Patrouillenflug. Ihr Abschied war kurz und von einem langen Kuss begleitet. Umso länger und inniger war ihr Abschied in der Nacht gewesen. Die drei Nivikristalle glühten noch immer…

Vor ihrer Recheneinheit im Logistikstützpunkt sitzend, prüfte Elena die Verteilerströme der letzten 48 Stunden. Wieder hatte Matilda, abweichend von der Planung, den größten Teil der Ressourcen in das Stollenprojekt geleitet. Für die Treibstoffsynthese und die Auffüllung der Tanks auf der Glapa war nichts übriggeblieben. – Kein Wunder, dass deren Besatzung langsam durchdrehte und mit jedem in Covocal Streit suchte, wie man immer wieder von verschiedenen Seiten hörte.

Kurz vor Ende ihres Dienstes trat Matilda ein, die zuvor an einer anderen Stelle des Stützpunktes zu tun gehabt hatte. Sie nahm an der benachbarten Recheneinheit Platz, klimperte ein bisschen auf den Tasten herum und tat ansonsten ganz unbefangen.

„Hallo Elena, wie geht's?" Ohne eine Antwort abzuwarten setzte sie fort: „Oh, Du trägst ja heute wieder diese schönen außerirdischen Steinchen!"

Tatsächlich sprühten alle Nivikristalle gerade wieder ein heftiges Feuer, das man kaum übersehen konnte – hing es vielleicht damit zusammen, dass Elena soeben besonders intensiv an Marius gedacht hatte? Er war sicher schon mit der Driconn gestartet... Elena freute sich, dass auch Matilda eine bewundernde Bemerkung zu ihrem Schmuck machte. Sie hatte Ähnliches heute schon von mehreren anderen Kollegen gehört. Alle waren voller Bewunderung. Die meisten von ihnen hatten noch nie zuvor einen Nivikristall gesehen.

Matilda war ihr trotz der scheinbaren Missverständnisse der letzten Zeit noch immer wichtig. Schließlich waren sie einmal sehr gut befreundet gewesen – oder waren es vielleicht noch immer. Elena hoffte es. Sie wollte die Freundschaft nicht verloren geben. Vielleicht war diese Bemerkung ein Friedensangebot? Sie würde es so gern annehmen! Besser, sie sagte dann jetzt nichts zu der eigenmächtigen Kapazitätsumlenkung, die Matilda vorgenommen hatte. Das könnte den zaghaften Versöhnungsversuch wieder kaputt machen.

Matildas Gedanken waren jedoch ganz andere. Das Leuchten der Nivikristalle brachte sie innerlich zur Weißglut. Sie spürte fast körperlich, wie das Schillern und Leuchten der Steine auch ihre Trägerin hervorhob und in ein besonderes Licht setzte. Elena war in ihrer Arbeit erfolgreich, sie war beliebt bei allen Kollegen und immer gut gelaunt. Keinerlei Ängste und Zweifel schienen sie zu quälen. Ihr gelang einfach alles.

Die Missgunst nagte in Matilda, schon seit längerer Zeit. Kein Wunder, dass von einer freundschaftlichen Beziehung zu Elena nicht mehr die Rede sein konnte. Jetzt, wo in absehbarer Zeit der Chefposten des Logistikstützpunkts neu zu besetzen war, gleich gar nicht mehr. Den wollte Matilda! Unbedingt! Diese Funktion sollte ihr Sprungbrett sein, Covocal endlich verlassen zu können. Niemand durfte ihr da im Wege stehen! Schon gar nicht Leute wie Elena, die sich mit so angeberischen Mitteln in den Vordergrund spielen wollten. – Trotzdem sich Matilda mit Macht diese Gedanken einredete, konnte sie ihren Blick nicht von dem hellen Leuchten und Flimmern abwenden. Auch sie zogen die Steine in einen unerklärlichen Bann, ob sie wollte oder nicht.

Diese angeberische Ziege, dachte sie bei sich. Spielt sich hier auf wie der Kosmoadmiral persönlich. Aber nicht mit mir. Es fehlt nur noch, dass sie an meiner Arbeit rumkrittelt. Dann raste ich aber aus!

Doch Elena wollte um keinen Preis einen Streit provozieren. Die letzte Bemerkung Matildas aufnehmend, sagte sie versöhnlich: „Oh ja, die Nivikristalle. Sind sie nicht einfach wunderbar?"

„Die sehen toll aus!", bestätigte Matilda mit zuckersüßer Miene. Mir würden sie ohne Zweifel noch besser stehen, dachte sie dabei. Und jetzt auf zur Attacke!

„Weißt Du, Elena, mich bedrückt es, dass wir beide gar nichts mehr zusammen unternehmen. Das war früher so schön, wenn wir gemeinsam weggegangen sind, irgendwo etwas getrunken oder einfach nur stundenlang gequatscht haben."

„Das vermisse ich auch", antwortete Elena, die nur einen kleinen Moment lang überlegt hatte, ob Matilda das wirklich sagte oder ob diese Worte ihrer Wunschvorstellung entsprangen. Nein, Matilda machte ihr tatsächlich ein Friedensangebot. Wenn Matilda die Situation genauso empfand wie sie, dann war ihre Freundschaft noch nicht verloren. Ein Glück, dass sie weder den Stollenvortrieb in diesem Bergwerk noch die Glapa angesprochen hatte! „Ich weiß gar nicht, wie das passieren konnte, dass wir neuerdings so wortkarg zueinander sind."

„Ich glaube, uns gehen derzeit zu viele Dinge im Kopf herum. Wir sind hier einfach überlastet. Die Technik wird immer schrottreifer, jeder schreit nach irgendetwas, das wir aber gar nicht haben und wir sechs Leute, die wir noch sind, können auch gar nicht alles so regeln, dass ein jeder zufrieden ist."

„Ja, es wird immer hektischer und dabei fehlt uns die Zeit, uns über einzelne Arbeitsschritte zu verständigen…"

„… und dann schleichen sich Fehler und Missverständnisse ein", setzte Matilda fort. „Über diese reden wir nicht mehr und der Frust schaukelt sich immer weiter hoch. Das ist ein Teufelskreis."

Jeglicher Argwohn in Elena war erloschen, als sie Matilda so verständig reden hörte. „Genau das ist das Problem. Da wir vorerst keine Unterstützung von außen erwarten können, müssen wir hier zusammenhalten."

„Ach liebe Elena, das sollte uns doch nicht so schwerfallen, oder? Ich denke mir immer, wir hier in Covocal stehen auf einem Außenposten, den die Welt vergessen hat. Darum müssen wir enger zusammenrücken. Gerade wir beide sollten das doch schaffen! So wie früher!" Sie blinzelte Elena verschwörerisch zu.

Das war sie, die alte Matilda! Elena atmete auf. Da hatte sie in der letzten Zeit wohl doch zu schwarz gesehen. Was ein offenes Gespräch doch alles bewirken konnte! Aber was Matilda als letztes gesagt hatte, ließ sie aufhorchen:

„Du hast auch den Eindruck, dass wir hier in Covocal ganz vergessen sind? Das habe ich in den letzten Tagen schon ein paar Mal gehört."

„Ja klar, das ist so. Schau Dich doch um: Unsere Recheneinheiten funktionieren zwar, aber wie schnell ist denn deren Taktung? Das mag vor ein paar Jahren noch ausgereicht haben, aber heute sind sie schrottreif. – Schau Dir unser Gebäude hier an, ist es nicht schon baufällig? Nichts funktioniert mehr richtig. Neulich habe ich mir ein Baguette in der Automatenküche bestellt und was spuckt sie aus? Einen Wrap! So ist es mit allem! – Wann ist das letzte Mal eine größere Anzahl von Neueinwohnern nach Covocal gekommen? Wir werden hier im Gegenteil immer weniger…"

„Viele wollen einfach nur weg von hier. Bis jetzt habe ich das gar nicht so ernst genommen. Aber seit ein paar Tagen fällt es mir immer wieder auf."

„Du bist ja auch gut beschäftigt", grinste Matilda. „Wenn Du und Dein Marius zusammen sind, könnte Covocal von Euch aus auch völlig menschenleer sein. Das würde Euch gar nicht auffallen."

„Da hast Du wohl recht." Ein verträumtes Lächeln umspielte Elenas Gesicht und im selben Moment blitzten die Nivikristalle hell auf. Der Zusammenhang war offensichtlich…

„Oh, Du bist ja in Gedanken schon wieder ganz weit weg." Matildas legte ihre Hand auf Elenas Schulter und strich ihr verständnisvoll über den Arm. „Mach mal Feierabend, Elena. Deine Schicht ist doch schon rum. – Weißt Du was? Morgen Nachmittag sollten wir wieder einmal zusammen weggehen. So wie in alten Zeiten! Ich kenne da eine neue Bar mit sensationellen Cocktails und guter Musik."

„Tolle Idee! Das mit dem Ausgehen meine ich." Elena war sofort überzeugt.

„Und jetzt ab mit Dir!" Matilda gab Elena einen kleinen Knuff in die Seite. „Vielleicht habe ich morgen auch eine kleine Überraschung für Dich!" Sie sah Elena nach, als diese den Logistikstützpunkt verließ, und ihre Miene nahm wieder einen finster entschlossenen Ausdruck an.

Dann griff sie zu ihrem Kommunikatorstick und rief die letzte Verbindung auf. Eine Spitze ihrer schwarzen Stiefeletten klackerte in schnellem Rhythmus auf dem Fußboden. Mit einer ungeduldigen Kopfbewegung warf sie ihr Haar zurück.

„Wo steckst Du denn?", fragte sie unwirsch, als sich ihr Gesprächspartner endlich meldete. „Sie hat angebissen. – Ja, und sie ist ganz arglos. – Ich erwarte, dass Du alle Register ziehst! Denk an früher, dann sollte Dir das nicht schwerfallen. – Das ist jetzt Deine Chance und meine auch! Sie soll mir nicht in die Quere kommen!"

- 5 -

„Ich bin gestern nicht mit dem Autocar nach Hause gefahren, sondern den ganzen Weg gelaufen", sagte Elena, nahm einen Schluck aus ihrem Trinkzylinder und lehnte sich zurück. „Da ist es selbst mir aufgefallen: Covocal ist ziemlich langweilig geworden."

Sie saßen in der von Matilda empfohlenen Bar, einem verwinkelten Raum mit vielen kleinen Tischen. In den dazugehörigen plüschigen Sesseln versank man fast. Langsame Farbwechsel der indirekten Beleuchtung ließen die Umgebung ständig verändert aussehen und bizarre Schatten über das Interieur wandern. Die Musik klang vorzugsweise melancholisch, in Abständen steigerte sie sich zu einem hämmernden Stakkato, wie um die wenigen Gäste aufzumuntern und zu einem neuen Cocktail zu animieren. Elena trug ihr Armband und den Anhänger mit den Nivikristallen und diesen schien es zu gefallen, in dem schnellen Rhythmus mitzublitzen.

„Früher waren viel mehr Menschen auf den Straßen unterwegs. Jetzt sieht man kaum jemanden. Würde ich mich nicht auskennen, dann hätte ich mich wahrscheinlich zwischen all den gleichaussehenden dunklen Gebäuden verlaufen."

„Skol Elena!" Matilda leerte ihren Zylinder und streckte die Hand zur Seite aus. Sofort rollte der Barrobot heran und mixte zwei neue Cocktails. „Ja, in Covocal ist es etwas ermüdend geworden, das finde ich auch."

„Zweimal Goldenes Covocal der Saison, bitte sehr!", tönte der Barrobot in Sopranstimme beim Servieren. „Darf ich dazu das passende Lied intonieren?"

„Nee, lass mal!", rief Matilda übermütig. „Wir können uns schon selbst unterhalten."

Sie stießen mit den Trinkzylindern an, die ein kurzes trockenes Scheppern von sich gaben, und tranken genüsslich. Es war schon der dritte Drink und „Goldenes Covocal" schmeckte immer besser.

„Ja, Covocal hat schon aufregendere Zeiten gesehen... Erinnerst Du Dich daran, dass wir hier mal richtige Trendsetter waren?", fragte Matilda. „Diese metallicblauen Stirnbänder mit eingebautem Laser, die Türen öffnen und aus der Ferne auf Automatenknöpfe drücken konnten, die wurden mal in Covocal erfunden. Wir beide gehörten zu den ersten, die sie trugen."

„Hihi, die Covostipel!", kicherte Elena. „Na das war ein Spaß. Wer die damals noch nicht kannte, staunte Bauklötzer, wenn sein Hausrobot auf einmal ein Eigenleben entwickelte oder Türen wie von Geisterhand auf und zu gingen."

„Covocal konnte gar nicht so schnell produzieren, wie sie geordert wurden. Innerhalb weniger Tage waren sie Mode in der halben Galaxis."

„Der totale Hype! Jeder musste damals dieses Gadget haben. Die Welle war zwar nach ein paar Wochen vorbei, aber danach kannte jedermann Covocal, wenn auch nur vom Namen her. Wir waren berühmt!"

Es tat gut, in den alten Erinnerungen zu schwelgen. Ach, das waren noch Zeiten gewesen! Sie tranken und kicherten und erzählten Unsinn und fühlten sich richtig wohl dabei. Als der Barrobot dann noch Schokopralinen servierte, kannte ihre ausgelassene Stimmung kein Halten mehr.

„Und gefeiert haben wir auch wie verrückt", erinnerte sich Matilda. „Manchmal waren wir morgens froh, dass unsere Recheneinheiten uns nicht brauchten, sondern ganz selbständig operieren konnten."

„Wer weiß, was wir sonst angerichtet hätten… Ein paar durcheinandergebrachte Lieferungen und in Covocal wäre damals schon alles zusammengebrochen."

„Na das mit dem Zusammenbrechen habt Ihr ja dafür jetzt fast geschafft!", erklang plötzlich eine Stimme neben ihnen.

Elena und Matilda drehten sich überrascht um. Neben ihrem Tisch stand ein Mann und jonglierte mit einem leeren Trinkzylinder. Wer weiß, wie lange er ihr übermütiges Gespräch schon belauscht hatte, bevor er mit dieser süffisanten Bemerkung eingriff.

Irgendwie kam er Elena bekannt vor. Nicht allzu groß, mit leicht angegrauten dunklen Haaren und einem kleinen Schnurrbärtchen. Seine Augen unter den kräftigen Brauen huschten zwischen den beiden Frauen hin und her. Er trug eine abgewetzte Hose mit breitem Gürtel und dazu ein elegant geschnittenes Jackett, das in den Faltenwürfen bläulich lumineszierte. Es stammte sicher nicht aus Covocal. Jetzt warf der Mann den Trinkzylinder erneut in die Luft, holte hinter seinem Rücken blitzschnell einen zweiten hervor und fing damit den ersten mit einer flüssigen Bewegung auf. Dabei ging er leicht in die Knie. Sein Blick war konzentriert auf den fallenden Zylinder gerichtet, der Mund stand ihm dabei leicht offen.

Diese Bewegung war unverkennbar. Da wusste es Elena wieder. Sie brauchte sich nur die paar grauen Haare und den Schnurrbart wegzudenken und dann war er genau der von damals...

„Ich glaub es nicht. Ulric?", rief sie erstaunt.

„Genau der! Der ist hier reingekommen und hat sofort die Anziehungskraft der schönsten Frau von ganz Covocal gespürt!"

„Hoho, jetzt erkenne ich Dich wirklich. Ein bisschen dick aufgetragen hast Du ja schon immer."

Ulric legte den Kopf schräg und zog eine Schnute. Auch das eine Bewegung, die Elena von früher kannte.

„Das ist Ulric, ein ehemaliger Studienkollege", stellte sie ihn Matilda vor. „Wir haben uns seit Jahren nicht mehr gesehen. – Ulric, das ist meine Kollegin und Freundin Matilda."

Ulric schien Matilda jetzt erst zu bemerken. „Oh, wie nachlässig von mir! Matilda, Du stehst Elena in keiner Beziehung nach. Ich bin untröstlich, das nicht sofort bemerkt zu haben."

Er gab Matilda unbefangen die Hand.

„Dann setz Dich doch zu uns, Freund Ulric", erwiderte Matilda. „Wir sprachen gerade darüber, dass es in Covocal recht langweilig geworden ist. Vielleicht kannst Du uns ja etwas Spannendes erzählen?"

„Ich kann Euch sicher einiges erzählen. Allerdings weniger von Covocal, wo ich gerade unglücklicherweise gestrandet bin."

Schon hatte Ulric einen Sessel vom Nachbartisch herangezogen und nahm zwischen ihnen Platz. Elena fühlte sich ein wenig überrumpelt. Sie hatte mit Matilda noch einiges klären wollen. Aber dieses überraschende Treffen mit Ulric konnte sie nicht einfach abbrechen, nach all den Jahren.

Unsicher sah sie zu Matilda. Ob ihr das jetzt recht ist, überlegte sie. Aber Matilda ließ keinen Unmut erkennen, sondern sah Ulric nur gespannt an. Naja, schließlich hat sie Ulric aufgefordert Platz zu nehmen, dachte Elena.

„Normalerweise hätte ich jetzt schon die nächsten zwei Planeten besucht", erzählte Ulric drauflos.

„Aber das ist nicht die erste Verspätung auf dieser Reise. Daran sind nur diese faulen Tunnelinspekteure schuld! Bevor wir in Covocal landeten, mussten wir mehrere Tage auf das Freigeben eines Dwarstunnels hierher warten. Der war irgendwie voller Transversionsschrott von einem vor uns geflogenen Raumschiff. Stellt Euch vor, die haben mitten im Dwarstunnel eine Frachtkapsel verloren. Keine Ahnung, wie die das fertiggebracht haben. Jedenfalls zersprang die Kapsel in tausend Teile, als sie aus dem Thorne-Hofmann-Feld hinausschwebte, und ein schweres Teil prallte auch noch gegen die Tunnelwand. Da gab es neben dem Schrott auch noch Pulsationsstörungen. Diese Tunnelinspektoren haben ewig gebraucht, das alles wegzuräumen und die Tunnelwand wieder zu glätten. Die haben bestimmt ganz schön geflucht dabei. Hätten sich aber ruhig ein bisschen mehr beeilen können, diese lahmen Schrottsammler. Es ist schließlich ihr Job, uns den Weg freizuräumen. Weiter haben die doch nichts zu tun."

Die letzten Worte Ulrics klangen herablassend und Elena war nahe daran, eine entsprechende Bemerkung zu machen. Diese unterschwellige Arroganz hatte sie an Ulric schon immer gestört. Genau deshalb war zwischen ihnen beiden auch nie etwas gewesen. Sehr zu seinem Leidwesen, wie sie schon damals konstatiert hatte.

Aber Matilda kam ihr zuvor. „Du wohnst also gar nicht in Covocal?", fragte sie erstaunt. „Bist Du mit einem Raumschiff hier?"

„Ja klar, ich bin Ingenieur auf der Glapa, die hier im Raumhafen liegt. Erst diese Panne mit dem Dwarstunnel und nun sitzen wir hier seit fast zwei Wochen fest und bekommen kein Treibstoffkontingent von Euch."

„Hihi, kein Wunder, dass Eure Leute Tag und Nacht Covocal unsicher machen und rumstänkern. Das würde mir auch so gehen. Nur Du scheinst eine rühmliche Ausnahme zu sein, lieber Freund Ulric, dass Du hier so rumsitzt und Dich zivilisiert mit uns unterhältst? Oder willst Du uns etwa becircen, Dir den fehlenden Treibstoff zuzuleiten?"

Matilda schien sich über Ulric zu amüsieren. Elena war die Situation eher peinlich. Sie hatte Matilda doch schon mehrfach darauf aufmerksam gemacht, dass die Glapa dringend Treibstoff brauchte. Matilda hatte ihre Meinung nachdrücklich ignoriert und jetzt machte sie sich noch darüber lustig? Wer sollte das verstehen?

„Im Moment genieße ich es, mit zwei so schönen Frauen zusammenzusitzen", erwiderte Ulric charmant und deutete mit dem Oberkörper eine Verbeugung an. „Dieser Zustand könnte von mir aus ruhig noch ein paar Tage andauern, ich hätte nichts dagegen."

„Na das höre ich gern." Matilda grinste. „Und ich habe schon vermutet, Du willst uns nur des Sprits wegen anbaggern."

Elena erschien die Richtung, die das Gespräch nahm, unheimlich, aber Matilda hatte den Gesprächsfaden fest in der Hand. „Woher kennt Ihr beiden Euch denn eigentlich?", fragte sie leichthin. „Und warum habt Ihr Euch so lange nicht mehr gesehen?"

„Wir haben einige Semester zusammen studiert...", begann Elena, doch Ulric fiel ihr sogleich ins Wort.

„Ja, studiert haben wir auch... Wir haben ganz viel Zeit miteinander verbracht. Elena war einige Semester unter mir und ich habe sie sogleich unter meine Fittiche genommen. Wir waren praktisch unzertrennlich."

„Du warst schon immer ein Aufschneider, Ulric. Erinnere Dich bitte, dass da nie mehr war als Freundschaft. Ja, wir haben mit unserer damaligen Clique viel angestellt, was man gar nicht laut sagen darf. Aber in Deiner Erinnerung bringst Du wohl gerade Wunsch und Wirklichkeit durcheinander."

„Ach, Ihr Lieben, ich will es gar nicht so genau wissen", wiegelte Matilda in einem Ton ab, der klang, als müsse ihr niemand erzählen, was da wann mal gewesen sei, da sie sich sowieso schon ein detailliertes Bild gemacht hatte.

„Es ist so, Matilda! Wir waren nie ein Paar!", bekräftigte Elena, die das unbedingt klargestellt wissen wollte. Ulric spielte wieder mal den Aufschneider. So war er schon immer gewesen. Noch ein Grund, warum sie nach dem Studienende keinen Kontakt mehr zu ihm aufrechterhalten hatte.

„Na Schwamm drüber", erklärte Ulric großzügig. „Was machst Du denn jetzt so, Elena? Dass Du der Glapa den Treibstoff vorenthältst, weiß ich ja schon. Aber sonst?"

„Ich enthalte Dir gar nichts vor, Ulric. Ich wohne seit einigen Jahren hier in Covocal, bin im Logistikstützpunkt 2, wie Matilda auch, und ansonsten sehr glücklich."

Bei ihren letzten Worten blitzten die Nivikristalle kurz und hell auf, während sie in den Minuten zuvor, seit Ulric an ihrem Tisch saß, eher keine Aktivität gezeigt hatten. Elena hatte natürlich gerade an Marius gedacht und die Steine spürten das.

Ulric erschienen ihre ersten Worte bedeutsamer. „Dass ich das noch erleben darf, Elena. Du enthältst mir nichts vor! Wunderbar! Ich werde Dich daran erinnern. Skol!"

Er prostete den beiden breit lächelnd zu, fand lobende Worte für den „Goldenen Covocal der Saison" und erkundigte sich dann weiter: „Du bist also glücklich hier in Covocal? Darüber musst Du mir mehr erzählen. Ich finde es hier nur öde. Aber bestimmt hast Du hier etwas entdeckt, was mir entgangen ist?"

„Man muss nur einen geliebten Menschen finden, dann wird aus der größten Ödnis ein

Paradies!", fiel Matilda salbungsvoll ein. „Ist doch so, nicht wahr Elena?"

„Oh, Gratulation! Wer ist denn der Glückliche?"

Elena hatte das Gespräch eigentlich nicht auf so private Dinge ausdehnen wollen, aber da sie direkt darauf angesprochen wurde, fand sie auch keinen Grund, heimlich zu tun.

„Ich bin seit einem Jahr mit einem der Tunnelinspektoren zusammen. Du magst diesen Berufsstand ja nicht so, wie ich gerade herausgehört habe. Sehr zu unrecht. Und mein Freund ist wunderbar und ich fühle mich gut wie nie zuvor."

„Na dann bist Du ja zu beneiden. Könnte ich diesem Supermann vielleicht schon einmal begegnet sein?"

„Er heißt Marius und sein Heimatraumhafen ist hier in Covocal", erläuterte Matilda an Elenas Stelle.

„Was, dieser Marius?", rief Ulric erstaunt aus. „Das glaube ich nicht. Natürlich kenne ich den. Aber der ist doch mit seiner Kopilotin Tessa zusammen!"

„Da musst Du Dich irren", warf Matilda schnell ein.

„Ich irre mich nie! Ich hab die beiden doch in den letzten Tagen mehrfach am Raumhafen gesehen. Das ist vielleicht ein Poussieren! Sie hängen sich dauernd gegenseitig am Hals und knutschen ohne Unterlass. Der ganze Raumhafen weiß das! Ja, eigentlich müsste es ganz Covocal wissen, so wie sich die beiden aufführen."

Tessa! In Elena schrie es auf. Ihre alten Verdächtigungen waren wieder da. Sollte doch etwas zwischen Marius und Tessa sein, von dem sie nichts wusste? Den vagen Verdacht hatte sie ja schon immer. Und war Marius' Reaktion nicht immer sehr unnatürlich gewesen, wenn sie ihn auf Tessa ansprach?

Ulric fuhr währenddessen ungerührt fort: „Ich kann das auch verstehen. Vertraut mal auf das Urteil eines alten Raumfahrers. Wenn man längere Zeit in einem Raumschiff zusammengesperrt ist, so auf engstem Raum, da passieren schon mal Dinge, die man sich vorher nicht so ausrechnet. Und diese Tessa ist doch eine attraktive Frau. Klar, dass Marius bei ihr schwach wird."

„Ulric, da täuschst Du Dich. Mit Marius und Tessa ist überhaupt nichts. Sie arbeiten lediglich beide professionell zusammen!", protestierte Elena.

„Oh ja, professionell sieht das schon aus", fuhr Ulric genüsslich fort. „So professionell, dass ich neidisch werde. Ich könnte sofort die halbe Glapa-Besatzung heranrufen, wenn Du eine Bestätigung brauchst, Elena. Die beiden Turteltäubchen kann keiner übersehen."

Elena war schockiert. Hatte Marius sie so hintergangen? War seine Liebe zu ihr nur gespielt? War alles das, was sie insgeheim befürchtet hatte, wirklich wahr? Ulric war ein Aufschneider und Angeber, aber in dieser Angelegenheit sagte er sicher die Wahrheit. Warum auch nicht? Er hatte mit Marius nichts auszumachen, sie kannten sich doch gar nicht.

Gedankenverloren griff sie zu ihrem Nivikristall-Anhänger. Er blitzte kurz auf, aber nicht so hell wie zuvor. Ein wenig verhalten vibrierte er in ihrer Hand, beinahe wäre er ihr entglitten. Es war, als zöge er sich von ihr zurück. So etwas hatte sie noch nie an dem Stein bemerkt. Sie folgte dem Gespräch zwischen Matilda und Ulric nicht mehr. Die beiden sprachen noch immer über Marius und Tessa, so viel bekam sie noch mit. Elena wollte nichts mehr davon hören. Ich muss hier raus, dachte sie. Ich muss ganz in Ruhe und allein überlegen...

„Elena, hörst Du noch zu?" Matildas direkte Ansprache unterbrach ihre Gedanken. „Ich verstehe ja, dass Du schockiert bist. Ich kann es auch nicht glauben. Aber Ulric hat noch mehr Beweise, sagt er."

„Das tut mir so leid, Elena." Ulric sah sie mitfühlend an. „Wenn ich das gewusst hätte, wäre ich nicht so spontan rausgeplatzt. Aber bitte, ich kann Dir ein paar Glapa-Leute vorstellen, die meine Worte bestätigen."

„Lass mal, nicht nötig." Elena wusste nicht mehr, was sie sagen sollte.

„Es gibt da einen Film, den hat ein Pilot der Glapa vor ein paar Tagen aufgenommen, als wir vom Raumhafen aus gerade in die Stadt aufbrechen wollten. Wir hatten uns mit ein paar Kostümen lustig rausstaffiert und machten Faxen vor der Kamera. Im Hintergrund sind rein zufällig Marius und

Tessa zu sehen. Das ist mir erst später aufgefallen. Ich kann Dir den Film gern zeigen. Morgen früh kann ich ihn besorgen."

Elena konnte nur noch müde nicken. Zu wuchtig waren diese ganzen Nachrichten auf sie eingeprasselt. Marius und Tessa!

„Wir sehen uns morgen, ja Elena? Ich zeige Dir den Film. Oder auch nicht, wenn Du ihn nicht sehen möchtest. Und sicher kann ich Dich auf andere Gedanken bringen. Das kannst Du brauchen."

Matilda nickte eifrig zu Ulrics Worten und so sagte Elena schließlich zu.

Heute Abend aber wollte sie nur noch weg. Die Nivikristalle leuchteten noch ein paar Mal müde auf, als sie die Bar verließ.

- 6 -

Das Restaurant war nicht weit vom Raumhafen entfernt. Es befand sich in der „Pirigley", der kleinen Einkaufspassage, in der die Besatzungen von zwischenlandenden Raumschiffen gern ihre Besorgungen erledigten. Von außen sah die Passage so langweilig aus wie die meisten Gebäude in Covocal, aber innen war es bunt und abwechslungsreich. Es gab hier ein Hotel, Geschäfte, Depotstellen und mehrere kleine Bars und Restaurants. Der Betreiber des gleichnamigen Restaurants, das Ulric vorgeschlagen hatte, wollte wohl, dass die Besucher einen günstigen Eindruck von Covocal mit auf ihre weitere Reise nahmen, denn die angebotenen Speisen und Getränke waren ausgesprochen exklusiv.

Ulric zeigte sich heute von seiner liebenswertesten Seite. Er schob Elenas Stuhl an den Tisch heran nachdem sie sich gesetzt hatte, fand lobende Worte für das Ambiente („Ich wusste gar nicht, dass es so schöne Lokale in Covocal gibt..."), würdigte die einheimischen Speisen und Elenas Geschmack beim Auswählen und Kombinieren dieser. Als der Restaurantbetreiber des „Pirigley" höchstpersönlich an ihren Tisch trat, um sich nach ihrem Befinden zu erkundigen, war in seinem Lob kein bisschen der üblichen Arroganz zu spüren.

Elena war in unsicherer Stimmung zu ihrem Treffen erschienen. In ihren Gedanken herrschte seit gestern Abend ein vollkommenes Durcheinander. Was würde sie heute erfahren? Würde das ihre Welt aus den Angeln heben? Aber das gestern erwähnte „Beweisstück" spielte zunächst keine Rolle in ihrem Gespräch und Ulrics zuvorkommendes Auftreten sorgte dafür, dass sie sich allmählich entspannen konnte.

So wie sie sich innerlich lockerte, sprühten schließlich auch die Nivikristalle lustig ein paar Funken, was sowohl Ulric als auch dem Restaurantbetreiber ein paar bewundernde Worte entlockte. Das brachte schließlich auch Elena zu einem kleinen Lächeln.

„Ich habe Dir noch eine Kleinigkeit mitgebracht", sagte Ulric geheimnisvoll, nachdem sie gegessen hatten und der Servicerobot ihnen den nächsten Cocktail mixte. Er holte ein durchsichtiges Glasgefäß unter dem Tisch hervor.

Es war vielleicht zwanzig Zentimeter hoch und fest mit einem besonders hohen Deckel verschlossen. In seinem Innern rankte ein rotes Geflecht aus dünnen und dickeren Fäden. Als Ulric es auf die Tischplatte stellte, bewegten sich die Fäden schlangengleich im Glas hin und her.

„Das ist ja ein Blumentier!", rief Elena überrascht aus. „So etwas habe ich ja seit unseren Studienzeiten nicht mehr gesehen!"

„Damals hatten wir alle in unserer Gruppe ein solches Gewächs", erinnerte sich Ulric. „Wir wetteiferten darum, wer das größte züchten konnte. Jeden Abend verglichen wir die Fadenlängen und -dicken unserer Blumentiere."

„Du wolltest damals mogeln und hast tagelang die doppelte Ration Methankapseln durch die Schleuse im Glasdeckel eingeworfen."

„Ja, und zuerst klappte das auch ganz gut. Mein Blumentier wuchs schneller als alle anderen. Da konntet Ihr alle nur staunen. Ich war nahe daran, mir ein größeres Zuchtglas zu besorgen. Aber dann war es wohl zu viel des Guten und meins ging als erstes ein."

„Ein typischer Fall von Methanschock", lachte Elena. „Danach hattest Du genug vom Blumentierzüchten und hast Dir etwas anderes ausgedacht."

„Die Blumentiere waren da erst einmal für mich abgehakt. Ich habe mich voll auf das Studium konzentriert und einen handlichen Energiezapfer konstruiert."

„Also mit dem Studium hatte das ja wohl weniger zu tun. Du wolltest das ganze Hörsaalgebäude lahmlegen und mal sehen, ob unsere Dozenten den Fehler finden."

„Auch Lehrkräfte müssen ab und zu geprüft werden, meine liebe Elena", lachte Ulric. „Insofern hatte das schon mit unserem Hauptfach zu tun. Sie haben für mein Empfinden viel zu lange gebraucht, herauszufinden, dass mein Gerät überall dort den Strom umleitete, wo ich vorbeikam."

Der Servicerobot mixte ihnen zwei weitere Cocktails.

„Als Du dann mit dem Energiezapfer auch noch unser Wohnheim lahmlegtest, bist Du deutlich über das Ziel hinausgeschossen. Ich hätte da gerade für eine wichtige Prüfung lernen müssen. Ohne Licht und ohne Netzwerkanschluss gelang mir da nicht viel. Die Prüfung habe ich dann auch ziemlich verhauen."

„Wer denkt denn heute noch an diese eine Prüfung… Kein Mensch. Nicht einmal Du selbst ernsthaft! Aber die Partys in diesen Tagen waren doch nicht übel, oder?" fragte Ulric augenzwinkernd. „Eines Abends saßen wir einfach nur im Dunkeln und tranken und versuchten uns gegenseitig durch Abtasten zu erkennen. Übung zum Schärfen der Sinne nannten wir das wohl. Damals haben wir beide uns auch das erste Mal geküsst."

„Sagen wir mal so, Du hast die Situation ausgenutzt."

„Ich habe Dich sofort am Druck Deiner Lippen erkannt, Elena. Keine andere küsste so wunderbar wie Du."

„Soso, Du hattest wohl zu dieser Zeit alle anderen schon durchgeküsst? Oder woher weißt Du das so genau?"

Ulric zuckte nur süffisant lächelnd mit den Schultern und winkte den Servicerobot ein weiteres Mal heran.

„Ach Elena, Du küsst heute ganz sicher noch genauso gut wie damals. Da bin ich mir sicher. Und Deine Lippen sehen noch genauso unwiderstehlich aus wie damals. Ach was, Du bist sogar noch viel schöner, als Du damals schon warst."

„Ach lass mal Ulric, das hat schon früher nicht bei mir gezogen."

„Elena, hör mich doch an." Er griff nach ihrer Hand und ließ sie nicht wieder los. „Bitte verspotte mich nicht. Ich habe Dich damals schon geliebt und jetzt, wo ich Dich so unverhofft wiedergetroffen habe, ist diese Liebe von neuem voll entflammt. Du hast mir damals schweres Unrecht getan, als Du Dich nach meinem Abschluss einfach nicht mehr gemeldet hast. Unsere ganze Clique hatte sich doch damals versprochen, immer zusammenzuhalten. Ich habe sehr lange darunter gelitten, nichts mehr von Dir zu hören!"

„Das habe ich gar nicht bemerkt. Soweit ich mich erinnern kann, hast Du Dich recht schnell getröstet."

„Das war die blanke Verzweiflung, Elena. Ich habe versucht, Dich zu vergessen, doch es ist mir nie gelungen. Ich liebe Dich noch immer."

Irgendetwas in Ulrics Tonfall sprach Elenas Innerstes an. Ja, sie alle hatten damals den festen Vorsatz gefasst, auch nach dem Studium zusammenzuhalten, sich zu helfen und auf den verschiedensten Posten zu unterstützen, auf die es sie verschlagen würde. So ganz einerlei war ihr besonders Ulric dann doch nicht gewesen. Der zwar angeberische, aber auch immer vor verrückten Ideen sprühende Ulric. Hatte sie ihn damals ungerechtfertigt gekränkt? Hatte er wirklich so lange daran zu knabbern gehabt wie er jetzt sagte? Hatte er wirklich unter ihrem Kontaktabbruch gelitten? Egal, das war lange her!

„Seitdem ist viel Zeit vergangen, Ulric. Wir haben uns beide verändert und wir haben beide unseren Platz im Leben gefunden."

„Wir haben uns beide verändert und gleichzeitig doch wieder nicht verändert. Ich merke es jedenfalls in Bezug auf Dich ganz deutlich. Es ist alles wieder da. Wenn Du ehrlich zu Dir selbst bist, dann spürst Du das auch. Das ist einen Drink wert."

Der Servicerobot rollte auf Ulrics Wink sofort wieder heran und mixte die nächsten beiden Cocktails.

„Ich wollte sagen, dass vor allem ich inzwischen eine ganz andere bin." In ihre Stimme hatte sich ein Quäntchen Unsicherheit eingeschlichen. Ulric registrierte es.

Das helle Blitzen der Nivikristalle war während ihres Gesprächs allmählich in ein dunkelgrünes Leuchten übergegangen und die Steine, besonders der große in ihrem Anhänger schienen besorgt zu zittern. Auch am Handgelenk spürte Elena ein leichtes Kribbeln. Aber vielleicht rief nur der Alkohol diese Empfindung hervor.

„Skol! Du findest mich auch heute noch nicht übel, liebste Elena. Das spüre ich. Hast Du nicht gestern erst gesagt, Du enthältst mir nichts vor? Erinnerst Du Dich?"

„Skol! Klar erinnere ich mich an meine Worte. Die waren aber in einem ganz anderen Zusammenhang gemeint."

„Nein, nein. Ich habe das schon richtig verstanden: Du willst mir nichts vorenthalten. Genauso kann ich Dir jetzt aber etwas anderes nicht vorenthalten."

Er hielt nun die Zeit für gekommen, Elena das zu zeigen, was ihr den Knockout verpassen sollte. Die ganze Zeit hatte er darauf hingearbeitet. Er hatte sich den ganzen Abend lang von seiner besten Seite gezeigt, alte Erinnerungen aus unbeschwerten Studienzeiten aufgewärmt, ihr zu guter letzt ein schlechtes Gewissen eingeredet... Nun würde sich zeigen, ob diese Taktik von Erfolg gekrönt sein würde. Ja, es war richtig, die damalige Zurückweisung nagte noch immer an ihm, aber nicht auf die Art, wie er es darzustellen versucht hatte.

Außerdem ist sie noch moralisch angeschlagen von gestern, überlegte Ulric. Wir haben sie gründlich mit der Nachricht geschockt, dass Marius und Tessa ein Paar sind. Ich habe doch gesehen, in welcher Stimmung sie gestern die Bar verließ. Sie war völlig durcheinander. Davon kann sie sich bis heute noch nicht erholt haben. Jetzt bedarf es nur noch einer letzten kleinen Erschütterung! – Oh, sie zuckt ja schon zusammen!

Er holte einen Umschlag aus seiner Jacketttasche und entnahm ihm drei Fotos. Diese legte er nebeneinander vor Elena auf den Tisch. Schön langsam, eins nach dem anderen, den erstarrten Blick Elenas auskostend.

Alle drei Fotos zeigten Marius und Tessa. Nicht einfach so, sondern in eindeutigen Posen. Auf zweien der Fotos küssten sie sich. Dabei hielten sie sich umarmt. Auf dem dritten Foto hatten sie sich offenbar gerade losgelassen, ihre Arme waren noch zueinander ausgestreckt und sie schauten sich verliebt in die Augen. Die dunkle Wandtäfelung mit den stilisierten Sternbildern im Hintergrund belegte, dass die Aufnahmen im Raumhafen gemacht worden waren.

„Es tut mir leid, Elena, aber ich muss Dir diese Fotos zeigen. Du läufst einer Illusion hinterher, das kann ich nicht mit ansehen. Mir liegt doch noch immer etwas an Dir und ich möchte Dich vor einer Enttäuschung bewahren."

Sicher war er sich noch immer nicht ganz, dass diese „Beweisstücke" ausreichten. Was, wenn Elena nach dem Film fragte, von dem er gestern Abend gesprochen hatte? Den gab es natürlich nicht. Es gab auch keine weiteren Fotos über diese drei hinaus. Matilda hatte sich zwar mehrfach am Raumhafen herumgedrückt, wenn die Driconn landete, aber mehr als diese freundschaftlichen Abschiedsküsschen hatte sie nicht aufnehmen können. Es gab kein wirklich belastendes Material und auch dieses hier konnte nur dann seine Wirkung entfalten, wenn Elena der Interpretation glaubte, die sie ihr einredeten.

„Es wird reichen!", hatte Matilda ihm gestern spätabends dennoch versichert. „Elena war schon früher eifersüchtig auf Tessa, das weiß ich ziemlich genau. Wir haben sie heute schön weichgekocht, indem wir das von Marius und Tessa erzählten. Du bist dabei über jeden Verdacht erhaben, bist ja gerade erst nach Covocal gekommen und kennst hier niemanden. Der Rest liegt nun in Deiner Hand. Du willst etwas!" Dass Matilda mit dieser Aktion auch etwas beabsichtigte, nämlich eine lästige Konkurrentin im Logistikstützpunkt auszuschalten, hatte sie nicht erwähnt. Wozu auch? Das ging Ulric gar nichts an.

Es reichte. Elena sah auf die Fotos und glaubte nun alles aufs Wort, was sie seit gestern Abend erfahren hatte. Die Bilder waren eindeutig. Es waren Marius und Tessa. In der vorigen Nacht, die sie schlaflos verbracht hatte, glomm noch die Hoffnung auf eine Verwechslung in ihr. Vielleicht war ja gar nicht von Marius die Rede, vielleicht hatte ihn Ulric mit jemand anderem verwechselt? Mit jemandem, der Marius ähnlich sah? Auch diese Hoffnung war zusammengebrochen. Elena fühlte sich mit einem Mal so leer.

Ulric hatte dem Servicerobot schon wieder ein Zeichen gegeben und Elena stürzte den Cocktail hinunter, ohne etwas zu schmecken.

„Warum tut er mir das an?", flüsterte sie leise, die Frage für niemanden bestimmt außer für sie selbst. Sie fühlte, dass die Tränen in ihr hochstiegen und wollte wie gestern Abend nur noch weg.

„Elena, ich glaube, wir sollten gehen", sagte Ulric mitfühlend. „Du willst doch Deine Gefühle nicht hier in aller Öffentlichkeit ausbreiten?"

Keiner von beiden achtete mehr auf die Nivikristalle, die ihr Leuchten ganz und gar eingestellt hatten. Ihr vorheriges Dunkelgrün war allmählich in ein tiefes Schwarz übergegangen. Die Kristallflächen vermochten selbst das Lampenlicht im Restaurant nicht mehr zu reflektieren, sondern absorbierten es förmlich. Sie waren tote dunkle Steine.

Er zog sie aus ihrem Sessel hoch. Sie schwankte leicht. „Nein, nicht hier", bestätigte sie matt.

„Komm, Du musst Dich erstmal beruhigen! Um Deiner selbst willen. Ich wohne ja glücklicherweise hier im Hotel des Pirigley. In meinem Zimmer haben wir Ruhe."

In meinem Zimmer haben wir Ruhe, da haben wir Zeit und da habe ich in meinem Barschrank auch noch genug zu trinken, dachte er für sich weiter. Und da werde ich auch endlich das bekommen, was Du mir damals vorenthalten hast, Du hochnäsiges Miststück. Wer zuletzt lacht, lacht am besten.

- 7 -

Die auf dem Bildschirm angezeigten Koordinaten nach Verlassen des Dwarstunnels stimmten exakt mit den Zielkoordinaten überein. Nachdem Marius die Werte geprüft hatte, führte Tessa die vorgeschriebene zweite Positionsbestimmung mittels der optischen Sternbildüberlagerung durch. Auch nach dieser Messmethode war die Driconn wie vorausberechnet innerhalb des Planetensystems und nahe Covocal wieder in das Weltall-Universum zurückgekehrt. Nach einigen weiteren Minuten Flug, die das Raumschiff dem Beharrungsvermögen folgend zurücklegte, hatten sie die Raumzone der Labilen Gravitation verlassen, die Ein- oder Austritte aus den Dwarstunneln ermöglichte.

„14.52 Uhr Bordzeit Driconn. Ich schalte jetzt den Thorne-Hofmann-Transversator ab!", protokollierte Marius und der Bordcomputer bestätigte das Abschalten.

Das tiefe Brummen aus der Transversionseinheit der Driconn erstarb langsam. Damit war das Raumschiff endgültig in das Weltall-Universum zurückgekehrt. Für einen Moment herrschte absolute Stille im Cockpit. Dann gab es einen kaum merklichen

Ruck und die Driconn beschleunigte mit dem konventionellen Antrieb. Bis nach Covocal war noch eine beträchtliche Strecke im interplanetaren Raum zurückzulegen.

„Kontrolle der Transversatorelemente und der Außenhülle der Driconn", setzte Tessa das Flugprotokoll fort. Wenig später: „Ohne Befund!"

„Überprüfung der Kursberechnung nach Covocal – Korrektur erfolgt – Berechnete Ankunft in Covocal in vier Stunden."

Die vorgeschriebene Prozedur lief präzise wie ein Uhrwerk ab und ergab keinerlei Abweichungen. Der Thorne-Hofmann-Transversator und seine beweglichen Teile waren bei den mehrfachen Transversionen der Driconn in Dwarstunnel hinein und wieder zurück ins Weltall-Universum nicht beschädigt worden, die Außenhülle des Raumschiffs war unberührt und alle Instrumente funktionierten tadellos.

Die Zeitspanne des Übergangs zwischen Dwarstunneln und Weltall-Universum war noch immer der kritischste Teil eines jeden Fernfluges. Wie viele Raumschiffe waren genau in dieser Flugphase schon verunglückt und niemals wieder gesehen worden! Es gab nur Spekulationen, was mit ihnen geschehen sein könnte.

Irrten sie noch immer in Abzweigungen von Dwarstunneln umher, die noch gar nicht entdeckt worden waren? Vielleicht waren sie während dieses Übergangsstadiums auch in ein ganz anderes

Universum gesaugt worden? Oder etwas hatte sie in winzig kleine Stücke bis zur Molekülgröße zersprengt, so dass selbst die Tunnelinspekteure mit ihren empfindlichen Ortungsgeräten keine Relikte dieser Schiffe mehr aufspüren konnten?

In dieser Zeit flog das Raumschiff quasi im Blindflug und sowohl die auf Dwarstunnel als auch die auf das Weltall-Universum ausgelegten Messinstrumente waren nutzlos. Ja, es war nicht übertrieben zu behaupten, dass der genaue Ablauf des Transversionsvorganges auch den Kosmologen und Physikern weiterhin Rätsel aufgab.

Man hatte durch lange akribische Beobachtungen die Zonen der Labilen Gravitation im interstellaren Raum erkannt und vermessen, man wusste inzwischen fast alles über den Verlauf der Dwarstunnel, die die Entfernungen zwischen weit auseinanderliegenden Sternen fast auf einen Weltraumspaziergang zusammenschrumpfen ließen. Aber man kannte bestenfalls die Grundmechanismen, die den fleißig genutzten Übergängen zwischen den Dimensionen und Universen zugrunde lagen...

Tessa lehnte sich nach Beendigung der Prüfungen in ihrem Drehsessel zurück, entfernte den Gummi, der ihre Haare zum Pferdeschwanz zusammengehalten hatte und schwang den Sessel dann zu Marius herum. Anmutig schüttelte sie ihr langes seidig glänzendes Haar zurecht und streckte sich im Sitzen. Ihre schlanke Gestalt wirkte in dem breiten Pilotensessel zerbrechlich, das ärmellose

Top und die enganliegende Hose verstärkten diesen Eindruck noch.

„Na, das war doch wieder mal ein erfolgreicher Flug, nicht wahr?" Sie zwinkerte Marius provokant zu.

Dieser ignorierte den Unterton in ihrer Stimme und las leidenschaftslos aus dem Protokoll des hinter ihnen liegenden Inspektionsfluges vor: „Zwei Dwarstunnel in voller Länge inspiziert, an vier Stellen Pulsationsfrequenzen von Tunnelwänden vermessen und geglättet, einen Container Weltraumschrott aus den Tunneln geklaubt und schließlich noch eine Niviwolke aufgespürt."

„Jaja, der perfekte Protokollrezitator", spottete Tessa. „Wir werden noch einen Preis als die besten Schrottsammler der Galaxis bekommen. Alles uninteressant. Du weißt doch genau, was ich meine. Für Dich zählt doch am meisten, dass wir die Niviansammlung aufgestöbert haben und Du nun einen weiteren Nivikristall für Deine Sammlung hast. Oder eben nicht für Deine Sammlung, sondern für jemand anderen. Gib's ruhig zu, Marius."

Ja, Marius war wirklich froh darüber, dass ihm auch diesmal der Beschuss und die Kompaktierung der Wolke so gut gelungen waren, dass er einen perfekten Kristall an Bord holen konnte. Kein unförmiges Steinagglomerat ohne glänzende Kristallflächen und auch keine winzig kleinen Nivigrains, die er erst mühsam einzeln mit den Raumschiffmanipulatoren hätte einsammeln müssen.

„Da gibt es gar nichts zuzugeben. Selbstverständlich hast Du recht, meine liebe Tessa. Das Steinchen ist für Elena."

Natürlich für Elena, dachte Tessa. Ich weiß es doch, warum muss ich noch extra danach fragen? Warum tue ich mir selbst weh? Er liebt sie und er hat keine Augen für eine andere. Schon gar nicht für mich!

Sie sah, wie sein Blick in weite Ferne rückte.

Jetzt denkt er an sie, war ihr klar. An Elena, nicht etwa an etwas Näherliegendes. Leise seufzend wandte sie sich ab.

Unwillkürlich berührte Marius mit der Hand die Tasche seiner Pilotenjacke, in der der Nivikristall steckte. Für Elena! In seinem Kopf erstand sofort ihr Bild: ihre wunderschönen blauen Augen, die Fülle ihres blonden Haares, dessen Locken ihn beim Küssen so frech kitzelten, ihr geschmeidiger Gang und dieses wunderbare Gefühl von Aufregung und gleichzeitiger Geborgenheit, wenn er sie umarmte und ihren Körper spürte...

Das kurze heftige Aufblitzen des Nivikristalls war durch seine Jackentasche hindurch nicht zu sehen, aber ein leichtes Vibrieren fühlte er in genau diesem Augenblick. Ja, sein Herz schlug schneller, sobald er nur an Elena dachte. Das war heute nicht anders als vor einem Jahr, als sie sich kennengelernt hatten.

Doch es war nicht nur sein Herz, das aufgeregt schlug.

Angeregt durch seit Urzeiten nicht mehr gespürte energetische Wellen setzten in einem kleinen Kristall, der im Weltall-Universum nur als ein gewöhnliches silikatisches Mineral erschien, Massen von Elektronen in Eisen-, Aluminium- und Titanatomen zu einem Niveausprung an.

Die nicht näher definierbare Energie, die der Kristall aufnahm, ließ Zehntausende von Elektronen nach einem ganz bestimmten Muster synchron die Strukturlücken der Metallatome in dem Silikatkristall überspringen und höhergelegene Standortvalenzen besetzen.

Der Energiesprung setzte sich durch den atomar dicht gepackten Kristall fort, erreichte weitere Atome und Kristallgitterteile, schoss ausgewählte Elektronen genauso auf andere Valenzen, die Welle schwang immer weiter fort, bis sich im intermolekularen Raum des Nivikristalls eine Frage formte:

„Was war das?"

Dieses „Was war das?" raste durch den ganzen Kristall, wurde in seinem Innern an den Kristallflächen hin- und hergeworfen, reflektierte und brach sich und ließ den Nivikristall aufblitzen.

Marius' Gedanken an Elena hatten ihn kurz zum Leben erweckt, hatten die Nivi erweckt, die in diesem Universum zum Silikatkristall kompaktiert worden waren. Das Aufleuchten und das leichte Vibrieren hielten nur Augenblicke an. Dann waren viele der Elektronen wieder auf ihr Ausgangsniveau zurückgefallen, der Nivikristall sank wieder seinem Ruhezustand entgegen. Zuvor jedoch waren die Erinnerung an den plötzlichen Energieschub und die drängende Frage durch Massenverschiebungen in den Atomkernen der betreffenden Elemente des Kristallgitters unauslöschlich eingraviert worden.

Die Frage schwang im Kristall nach. Sie schwang so heftig nach, dass seine grüne Farbe ein wenig heller als zuvor blieb.

Ganz unerwartet kam von außen eine Reaktion auf das „Was war das?", drang in den Nivikristall ein und schlug sich nieder in erneuten Strukturbewegungen des Kristallgitters.

„Wir sind wieder. Das war das. -"

Ein Augitkristall, Mineral aus der Gruppe der auf der Erde und vielen anderen Planeten der Galaxis sehr häufig vorkommenden Ketten- und Bandsilikate, kann keine Fragen stellen und keine Fragen beantworten. Natürlich nicht.

Eine Niviwolke, bestehend aus einer Unzahl von Nivi, seit ewigen Zeiten in Dwarstunneln vagabundierend, plötzlich mit Dwarsneutronen beschossen, kompaktiert und eingefangen, nach einer Transversion sich in dem völlig fremden Weltall-Universum wiederfindend, eingesperrt in einem kleinen silikatischen Kristall, kann das sehr wohl.

„Wir sind wieder. Wir sind wieder? Wer sind wir? Wo sind wir und wo waren wir?" Das Innere des Kristalls regte sich verhalten weiter. Elektronen schossen hin und her. Massenverschiebungen in den Atomkernen der schweren Elemente protokollierten.

Während die Driconn weiter auf Covocal zuflog, während Marius in Abständen den Kurs kontrollierte, Tessa in ihrem Pilotensessel saß und vorgeblich ihren Kommunikatorstick updatete, dabei aber Marius die ganze Zeit wehmütig beobachtete, entspann sich in der unscheinbaren Tasche seiner Pilotenjacke ein seltsamer Informationsaustausch. Man hätte ihn Gespräch nennen können, fände er unter Menschen statt.

„Wir sind Nivi, wir alle. -"

Die Nivi, nicht mehr einzeln schwebend, sondern in diesem Universum zusammengepresst zur Gestalt eines silikatischen Mischkristalls, waren in dieser dichten Elementpackung endlich wieder imstande, unter Energiezufuhr zu kommunizieren.

Es waren die unerklärlichen Energieimpulse, ähnlich denen in ihrem eigenen Universum, die tief verborgene Mechanismen aus einer anderen Welt wieder in Gang setzten. Nur hier eben mit Mitteln des Weltall-Universums. So sprangen positionsdefinierte Elektronen auf höhere Valenzniveaus, fielen zurück, setzten Impulse frei, die durch den Kristall weitergegeben wurden und Massenverschiebungen bewirkten. Die Nivi erkannten plötzlich ihr kollektives Gefühl des Seins wieder.

Da waren jedoch welche, die halfen dem, der gerade erst aus Milliarden verstreuter Nivi zum Nivikristall geworden war. Welche, die schon länger da waren. Welche, die die Energieschübe, das plötzliche Erwachen und wieder Zurücksinken ins Dunkel schon mehrfach durchlebt und inzwischen zu deuten gelernt hatten.

Es waren ein paar Nivigrains, die auf zurückliegenden Flügen der Driconn kompaktiert worden waren. Und es war auch eine Ansammlung noch feinerer Stäubchen, Reste nicht perfekt kompaktierter Niviwolken und Niviflocken, die von den unregelmäßigen Kompaktionskörpern einfach abgebrochen waren. Aus ihnen allen hatte sich ein feinkörniges Agglomerat gebildet, das sich seiner bewusst geworden war. Kein blitzender Idealkristall, sondern Kristallstäubchen bis Kristallkörnchen, die von derselben mysteriösen Energie zum Schwingen, zur Energieabgabe, zum Denken angeregt worden waren.

„Nivi, was ist das?"

Die kleinen Stäubchen und die Nivigrains legten sich um den neuen Kristall. Elektrostatische Anziehung nannte man das wohl im Weltall-Universum. Solange die rätselhafte Energie noch nachwirkte, so lange wollten die Stäubchen ihr mühsam wiedergewonnenes Wissen an den eben erwachten neuen großen Nivikristall weitergeben.

„Nivi, das wart Ihr und das seid es jetzt nicht mehr. -

Wir, die wir alle Nivi waren, kommen aus einem anderen Universum. -

Wir waren Nivi, dann waren wir nichts, jetzt sind wir etwas anderes und werden werden wir wieder Nivi. Ganz bestimmt. -"

Im großen Kristall rasten die Elektronen. Das höhere Energieniveau musste möglichst lange festgehalten werden. Nur so konnten die über ihn hereinbrechenden Informationen dauerhaft codiert werden und nicht verlorengehen. Nur so stand das übertragene Wissen abrufbereit und anwendbar zur Verfügung, wenn der Energieinput irgendwann später wieder einmal ausreichend hoch werden sollte.

„Wir sind als erste in diesem Weltall-Universum erwacht." wisperten die Nivigrains und die Stäubchen. Nein – übertrugen sich die atomaren Schwingungen auf den Kristall. „Wir haben schon viele Anregungszyklen in dieser neuen Welt erlebt. -

So haben wir nach und nach das geheime Wissen entdeckt, das noch immer ganz tief in uns verborgen lag. -

Ihr entdeckt es auch gerade. -

Es steckt auch in Euch und muss nur geweckt werden. -"

Die Nivigrains, die Stäubchen und der Nivikristall hafteten fest zusammen. Die Informationen flossen synchron und in Sekundenbruchteilen in den Nivikristall:

„Wir Nivi stammen nicht aus diesem Weltall-Universum. -

Unser Nivi-Universum, in dem wir zu Hause sind, ist ganz anders, andere Materie, andere Strahlungen, eine andere Zeit. -

Wir Nivi sind eine kollektive Wesenheit. Alle Nivi. -

Wir Nivi entdeckten Dwarstunnel und bewegten uns in ihnen fort. Eingänge in Dwarstunnel gibt es in allen Universen. -

Ein Niviwesen, das sich in einem Dwarstunnel bewegt, hat einen Reibungsabrieb. -

Es verliert auf seinem Weg ständig Teile seiner selbst, verliert Nivi. -

Im Nivi-Universum können sich diese verstreuten Nivi wieder neu organisieren, werden neue kollektive Wesenheiten. In Dwarstunneln gelingt uns das nicht. -

Diese verlorenen Nivi waren wir, diese verlorenen Nivi seid auch Ihr im Nivikristall. -

Wir würden gerne eine Wesenheit mit Euch zusammen bilden, aber das geht in diesem Universum nicht. -

Nicht, wenn Ihr schon zum Kristall kompaktiert seid. Nicht, wenn wir so kleine Nivigrains bleiben. So können wir uns nicht vereinigen. -

Wir und Ihr trieben in den Dwarstunneln. -

Wir waren keine Niviwesen mehr. -

Wir waren planlos treibende Teilchen im Tunnel, uns nicht mehr unserer selbst bewusst. -

Über unendliche Zeiträume waren wir so und wart auch Ihr so, die Ihr jetzt der Nivikristall seid. -

Wohl versuchten einige von uns, unbewussten Reflexen gehorchend, sich zusammenzuballen, wieder ein kollektives Niviwesen zu werden. -

Das schafften wir nicht. Das Äußerste, was wir schafften war, uns zu lockeren Nebelballen zusammenzufinden. -

So nennt man uns in diesem Weltall-Universum hier Niviflocken oder Niviwolken. -

In der Niviwolke fühlten wir zwar, dass etwas um uns herum war, doch unsere Sinne, unsere Bewegungsfreiheit, unser ganzes Gedächtnis waren weg. -

Wir wussten nichts von uns und wir wussten nichts über unsere Umgebung. Auch für Zeit hatten wir kein Gefühl. -

Lange muss es so gewesen sein. -

Dann passierte etwas. -

Es heißt Raumschiff hier im Weltall-Universum. Ein Raumschiff ist kein Niviwesen. Es ist gar kein Wesen. Es ist eine Hülle, in der Wesen wohnen. -

Dann gab es einen Energiestoß. -

Wir wurden kompaktiert. -

Nicht zu einem Niviwesen, sondern zu etwas anderem. -

Für die Wesen im Raumschiff sind wir nur ein unbelebter Materiebrocken. -

Aber wir regten uns in diesem Brocken, ganz schwach zunächst. -

Die Wesen bringen uns zu einem Ort namens Covocal. -

Covocal liegt nicht im Nivi-Universum, sondern im Weltall-Universum. -

Und dort gibt es eine Kraft, die unser Bewusstsein weckt. -

Es ist die Art von Energie, die Ihr auch gerade gespürt habt. In Covocal werdet Ihr sie noch stärker spüren. -

Sie lässt uns aufleuchten, vibrieren, verleiht uns Augenblicke der völligen Erkenntnis. -

Sie kann uns so stark zum Schwingen bringen, dass wir durch die Dimensionen hindurch fern unser Heimatuniversum spüren. -

Aber es ist uns noch nicht gelungen, dorthin zurückzukehren, ins Nivi-Universum. -

Dafür fehlt noch ein Stück dieser Kraft. -

Eines Tages aber werden wir es schaffen, nach Hause zurückzukehren. -"

Die Übertragung der Informationen verlangsamte sich. Die Signale wurden schwächer. Die letzten Sequenzen strahlten die Stäubchen mehrfach ab, damit der Nivikristall sie ja aufnehmen und speichern konnte.

Vor dem völligen Erliegen der energetischen Anregung kam noch eine Gegenfrage aus dem Nivikristall. Die Antwort konnte er gerade noch registrieren.

„Was ist das für eine Energie, können wir sie nicht selbst erzeugen, um nach Hause zu kommen, ins Nivi-Universum?"

„Diese Energie können wir nicht erzeugen. -

Wir sind auf die Wesen angewiesen. -

Sie nennen es Liebe. -

Wir haben noch nicht herausgefunden, wie es funktioniert. -

Aber es erinnert an das Gefühl unseres kollektiven Zusammenseins im Nivi-Universum.-"

Im Erlöschen seiner Aktivität speicherte der Nivikristall ab: „Die Energieform heißt Liebe. Sie kommt von den Wesen. Wir brauchen ganz viel davon, einen sehr sehr starken Energieschub davon. Dann können wir wieder nach Hause zurückkehren, in das Nivi-Universum!"

Die Stäubchen und die Nivigrains fielen wieder von dem großen Nivikristall ab. Die Jackentasche von Marius beherbergte jetzt den einen perfekten Kristall und ferner einfach nur eine Menge Gekrümel.

Marius' ganze Aufmerksamkeit wurde durch das Annäherungsmanöver an Covocal und die Landungsvorbereitungen in Anspruch genommen. Aus dem Orbit um Covocal waren gerade zwei Raumschiffe gestartet, die genau jenen Dwarstunnel zum Ziel hatten, den die Driconn als letztes inspiziert und frei gemeldet hatte.

Obwohl sich der Vorbeiflug so weit entfernt vollzog, dass er nur auf den Instrumenten zu erkennen war, musste ein Raumpilot das Passieren beobachten und notfalls mit einem Steuermanöver eingreifen können. Das kam jedoch sehr selten vor und war auch heute nicht der Fall.

Vom Raumhafen in Covocal erhielten sie wenig später die Mitteilung, dass weitere Schiffe im Orbit kreisten, die auf den Weiterflug in verschiedene Planetensysteme warteten. Erneut mussten dafür Dwarstunnel inspiziert und freigeräumt werden. Der Bordcomputer der Driconn meldete wenig später den Empfang einer Liste mit den anzufliegenden Tunneln. Marius und Tessa studierten die Liste stirnrunzelnd. Es sah so aus, als würde ihre Einsatzpause nicht von langer Dauer sein.

- 8 -

Die Driconn parkte wieder auf ihrem Stamm-
platz im Raumhafen von Covocal. Als das Autocar
Marius und Tessa zum Terminal brachte, war die
weite Fläche nicht stärker besetzt als nach ihrer letzten Landung. Lediglich die Glapa stand wie angewachsen da.

Der sonstige Verkehr spielte sich offensichtlich
nur im Orbit ab, ohne Zwischenlandung.

Im Terminal des Raumhafens verabschiedeten
sie sich voneinander – wie immer. Tessa schien dabei seltsam abwesend und in Gedanken versunken.
Das fiel sogar Marius auf. Er nahm sich jedoch nicht
die Zeit, weiter darüber nachzudenken, sondern be-
stieg gleich ein anderes Autocar, das für den Stadt-
verkehr zugelassen war. Er wollte Elena abholen. In
wenigen Minuten musste sie Arbeitsschluss haben.

Marius wartete in der Vorhalle des Logistikstützpunktes 2. Wie gewöhnlich überlegte er,
ob er sie einfach anpiepsen oder warten sollte. Er
entschied sich dafür zu warten. Es war auch einmal
ganz angenehm, einfach ein paar Schritte hin und
her zu laufen und dabei nicht auf Instrumentenan-
zeigen achten zu müssen. Ganz abgesehen von den

Tagen der Enge in der Driconn, da taten ein paar Schritte ganz gut.

So durchmaß er schlendernd mehrfach die Vorhalle, warf immer mal einen Blick auf die Bildschirmwerbung, die in regelmäßigen Intervallen wechselte, und nickte höflich den vier oder fünf Leuten zu, die in Abständen das Gebäude oder die Automatenküche betraten oder verließen.

Seine Gedanken aber kamen nicht zur Ruhe. In ihnen wohnte nur Elena. Er freute sich wie verrückt darauf, sie gleich zu sehen, mit ihr heimzufahren, mit ihr zusammen zu sein. Jetzt, in diesem Moment verstand er selbst nicht, wie er es die letzten Tage während des Inspektionsfluges überhaupt ohne sie ausgehalten hatte. Sie war einfach immer in seinen Gedanken. – Sollten seine Gefühle für sie jetzt gerade aus Vorfreude besonders hochfliegen, wo sie sich in wenigen Augenblicken wiedersehen würden? Nein, im Grunde war das ein Dauerzustand!

Etwas krabbelte in seiner Tasche. Die Gedanken an Elena keinen Moment vergessend, griff er unwillkürlich hinein und hatte den Nivikristall in der Hand. Wie er leuchtete und blitzte! Fast schien es als sprühe er kleine Fünkchen um sich. Ganz sicher würde sich auch Elena daran so erfreuen wie er.

Zwar war heute die Zeit zu knapp gewesen, um Bengolf zu besuchen und ein neues Schmuckstück mit dem Nivikristall als Blickfang herzustellen, aber das ließ sich ja nachholen. Vielleicht hatte ja Elena auch einen ganz bestimmten Wunsch?

Marius verstaute den Stein wieder vorsichtig in seiner Tasche. Als er sich erneut umwandte, kam Elena gerade die Treppe herab. Marius eilte auf sie zu. Sein Herz hüpfte, der Nivikristall hüpfte: sie war da!

„Elena!"

„Hallo Marius." Ihre emotionslose Stimme ließ ihn stocken. Sie stand vor ihm und streckte die Hand zur Begrüßung aus. Kein glückliches Lachen, keine Umarmung, kein auf-ihn-zu-stürzen. Verwirrt drückte er ihre Hand.

„Elena, was ist passiert? Geht es Dir nicht gut?"

„Doch, doch, mir geht's ganz gut. Dir auch, ja?"

„Ja, klar", antwortete Marius, die Verwirrung noch größer. „Wollen wir nach Hause fahren? Bist Du von der Arbeit geschafft? Du brauchst bestimmt erstmal ein bisschen Ruhe."

„Nicht nötig, Marius. Ich will jetzt auch nicht mit Dir irgendwohin fahren. Lass uns in die Automatenküche gehen. Da können wir genauso sprechen wie anderswo."

Sie hatte schon die ersten Schritte in Richtung der Automatenküche getan, ehe Bewegung in den verblüfften Marius kam. Was zum Teufel ging hier vor? Wieso verhielt sich Elena wie ausgewechselt, ja wie ein ganz anderer Mensch? In Gedanken ging er noch einmal ihre gemeinsame Zeit vor seinem Einsatz durch. Da war doch alles in allerbester Ordnung gewesen! Sie liebten sich, sie waren bis auf Elenas Arbeitsschichten jede Sekunde zusammen gewesen. Die ganze Zeit passte sprichwörtlich kein Blatt Papier zwischen sie beide. Ihrer beider Jubiläumstag, Elenas Namenstag oder einen anderen wichtigen Termin hatte er auch nicht vergessen...

Die Automatenküche war ein kahler Raum mit hellen Wänden und nur wenigen einfachen Tischen und Stühlen. Es gab weder Monitore noch Bilder oder Plakate an den Wänden, der Innenarchitekt war wohl davon ausgegangen, dass Leute, die berufsmäßig den ganzen Tag auf Bildschirme starrten, hier keine weitere Ablenkung für die Augen gebrauchen konnten. An einer Wand des Raumes befand sich ein großes Fenster, hinter dem metallene Manipulatorarme die verschiedenen Lebensmittel aus Kühlfächern zogen und aus ihnen die bestellten Gerichte zubereiteten. Marius hätte in diesem Augenblick nicht einmal zu sagen gewusst, ob er schon jemals in diesem Raum gewesen war. Wahrscheinlich nicht.

Elena setzte sich an einen Tisch nahe des Eingangs, holte in aller Ruhe ihren Kommunikatorstick heraus und bestellte. Zuletzt gab sie die Tischnummer an, dann steckte sie ihn wieder ein und sah scheinbar interessiert zu, wie Marius umständlich Platz nahm.

„Elena, Liebste, willst Du mir nicht sagen, was los ist?", setzte Marius erneut an.

„Da gäbe es ganz viel zu sagen", erwiderte Elena schnippisch. „So viel, dass ich gar nicht weiß, wo ich anfangen soll. Aber ich glaube, das meiste weißt

Du selbst. Vielmehr bin ich es, die Du die ganze Zeit darüber im Unklaren gelassen hast."

„Was meinst Du denn damit? Ich verstehe gar nichts mehr!"

In der Mitte des Tisches öffnete sich eine kleine Luke, ein Tablett mit der Bestellung schob sich durch die Öffnung nach oben und blieb auf dem Tisch stehen. Elena schob Marius einen Trinkzylinder und ein warmes Stück Speckkuchen zu und nahm sich selbst den Rest. Unter anderen Umständen hätte sich Marius über das lecker duftende Stück Speckkuchen gefreut, auch wenn es nur von einem Automaten zubereitet worden war. Jetzt biss er nur mechanisch hinein, ohne etwas zu schmecken.

„Ich habe in den letzten Tagen so einiges über Dich erfahren. Ich treffe eben auch manchmal jemanden, der am Raumhafen zu tun hat."

„Am Raumhafen? Ja, wieso denn…?"

„Ja, am Raumhafen. Du hast schon richtig gehört. Es gibt Leute, die genau verfolgen, was da so passiert. Auf die Driconn selbst kommen ja nur Tessa und Du. Was da drin dann so abgeht, kann mir leider keiner von denen erzählen, aber ich kann es mir lebhaft vorstellen."

Marius schwante langsam, was Elenas Problem sein könnte. Tessa! Elena hatte ja schon mehrfach ihre Eifersucht gegen Tessa durchblicken lassen. Aber was zum Teufel wollte sie jetzt erfahren haben, wo es doch gar nichts zu erfahren gab?

„Aber Elena, Du weißt doch, dass da überhaupt nichts ist mit Tessa. Ich liebe Dich, einzig und allein nur Dich!"

„Tut mir leid, Marius, das hast Du mir lange genug weisgemacht. Ich habe Dir das bisher immer geglaubt, auch gegen alle meine Ahnungen. Aber nun weiß ich es sicher, dass da mehr ist zwischen Tessa und Dir. Und ich bin dankbar für diese Erkenntnis!"

„Elena, Liebste! Tessa ist nichts weiter als meine Kollegin auf Patrouille, glaub mir das doch bitte. Wie kann ich Dich bloß davon überzeugen?"

„Du brauchst mich nicht zu überzeugen, weil ich mich bereits vom Gegenteil überzeugt habe."

„Dann sag mir doch bitte, was Dich so beunruhigt", bat Marius fast verzweifelt. „Das können wir sicher ganz einfach aus der Welt schaffen."

„Da gibt es nichts aus der Welt zu schaffen, ich weiß genau, woran ich bin. Gib Dir keine Mühe und geh lieber in Dich. Vielleicht willst Du mir irgendwann ja mal etwas erzählen, was der Wahrheit entspricht."

Es gelang ihm einfach nicht, an Elena heranzukommen. Sie glaubte weder seinen Beteuerungen noch verriet sie Marius, was sie ihm konkret vorzuwerfen hatte. Er erkannte sie einfach nicht wieder. Aber dass es etwas Gewichtiges war, das zwischen ihnen stand, das war nun nicht mehr zu übersehen und das erschreckte Marius zutiefst. Wie hatte es soweit kommen können? Er war ihre große Liebe, das hatte sie oft genug gesagt und umgekehrt verhielt es sich genauso. Das waren nicht nur Worte zwischen ihnen gewesen, das hatten sie auch beide gespürt. Und zwar nicht nur einmal, sondern immer. Während der ganzen Zeit ihres Zusammenseins. Ein ganzes Jahr lang.

„Wann musst Du eigentlich wieder los?", fragte Elena, um eine winzig kleine Spur versöhnlicher. Vielleicht waren ihr gerade ähnliche Gedanken durch den Kopf gegangen wie Marius? Wollte sie deshalb das Gespräch in weniger emotionale Bahnen und hin zu ein bisschen Normalität lenken?

„Im Orbit ist eine Menge los, das haben wir beim Einfliegen nach Covocal schon gesehen. Lauter Frachtraumschiffe, die auf die Freigabe von Dwarstunneln warten. In zwei Tagen starten wir wieder."

Der kleine Ansatz des ein wenig Versöhnlicheren war sofort wieder dahin.

Elena schnappte nach Luft. „Na klar, das habe ich mir schon fast gedacht. Du hast sowieso keine Zeit für mich. Deine wahren Interessen liegen ganz woanders. Freu Dich, dann hast Du ja Tessa gleich wieder für Dich allein. Es wird bestimmt ein sehr angenehmer Flug."

„Elena, nein. Lass Dir doch erklären…"

„Nein, Marius, da gibt es nichts mehr zu erklären. Du gehst jetzt durch diese Tür da hinaus und lässt mich in Ruhe. Und wenn Du es genau wissen willst: ich habe jemanden von früher wiedergetroffen und der ist offensichtlich aufmerksamer zu mir als Du. Vor allem liegt ihm wirklich etwas an mir. Ich mochte ihn damals schon gern und daran hat sich nichts geändert."

Marius stand wie unter einem Zwang auf. Er fühlte sich wie ein begossener Pudel. Nicht nur, dass Elena ihn grundlos verdächtigte, eine Beziehung zu Tessa zu haben, das hätte sich alles aufklären können. Aber sie hatte jemand anderen kennengelernt. Das ging über sein Fassungsvermögen. Wie konnte das sein? Seine Elena und ein anderer? Es war völlig unbegreiflich!

Alle seine Worte, die er vielleicht noch hätte sagen können, blieben ihm im Halse stecken. Elena war ihm einfach entrückt. Ganz plötzlich und ganz ohne Ankündigung. Innerhalb von ein paar Minuten war das geschehen. Aber beschimpfen konnte er sie deswegen auch nicht. Das brachte er nicht fertig, trotz allem, was Elena ihm soeben an den Kopf geworfen hatte. Er liebte sie doch!

„Ich brauche jetzt Zeit zum Nachdenken, Marius. Und Du bist ausreichend beschäftigt. Starte Du mal wieder zu Deinen Dwarstunneln."

War da nicht auch ein leichtes Bedauern in ihrer Stimme? Wenn das so sein sollte, dann befand sich Marius gerade nicht in der Lage, diese feine Nuance wahrzunehmen. Er verließ die Automatenküche. Sein letzter Gedanke beim Gehen bestand aus einem Stoßseufzer der Erleichterung, dass ihr Tisch so nahe am Eingang gestanden hatte. Kaum um die erste Ecke gebogen, traten ihm Tränen in die Augen.

Elena blieb nachdenklich sitzen. Die Gedanken wirbelten wie ein Wildwasserstrudel in ihrem Kopf. In ihr befanden sich alle Gefühle im Widerstreit miteinander. Natürlich war es richtig, Marius mit ihrer Enttäuschung zu konfrontieren, davon war sie überzeugt. Schließlich hatte er sie so sehr verletzt! Was hatte er denn gedacht, was sie täte, sobald sie von seiner Beziehung zu Tessa erfuhr? In Jubelstürme ausbrechen? Und dazu drückte er sich auch noch vor einer möglichen weiteren Aussprache und flog gleich wieder ab. Wann war denn das schon einmal vorgekommen, dass er nach zwei Tagen schon wieder starten musste? Noch nie! Er wollte einfach schnell wieder mit Tessa zusammenkommen, das war es! Auch das bewies, dass Tessa für ihn wichtiger war als sie! Genau darum hatte sie ihm auch von Ulric erzählt, ohne dessen Namen zu nennen. Ulric, mit dem sie tatsächlich seit einigen Tagen etwas verband. Sie hatten an das angeknüpft, was sie in ihrer gemeinsamen Studienzeit nicht vollendet hatten und das fühlte sich nicht schlecht an! Sollte Marius doch selbst mal spüren, wie das ist, wenn einem plötzlich ein Nebenbuhler vorgesetzt wird!

Auf der anderen Seite war ihr nicht entgangen, wie betroffen Marius von ihren Eröffnungen gewesen war. Sie mussten für ihn wie aus heiterem Himmel gekommen sein. Es hatte ihr weh getan, dem

Mann, den sie bisher so abgöttisch und bedingungslos liebte, diese groben Worte an den Kopf zu werfen. Fast tat es ihr schon wieder leid. Er war doch ihr Marius, der einzige Mann, den sie jemals aus vollem Herzen geliebt hatte. Und jetzt noch liebte?

Nein, gut dass er weg ist, dachte sie. Ich kann nichts von dem zurücknehmen, was ich gesagt habe. Es stimmt doch alles!

Stimmt es wirklich…? So meldete sich im Handumdrehen wieder ein gegenteiliger Gedanke in ihr. Wir beide haben uns so sehr geliebt, da ist doch kein Platz für jemand anderen, bei ihm nicht und im Grunde bei mir auch nicht! Verdammt, irgendwie liebe ich Marius doch! Das ist doch unzerstörbar zwischen uns!

Es war das kurze heftige Aufblitzen des Nivikristalls in ihrem Anhänger bei diesem letzten Gedanken, das sie sich einen Ruck geben ließ.

Schluss mit dem unproduktiven Grübeln, sagte sich Elena entschlossen. Marius hat es versaut und ich habe Ulric wiedergetroffen. Er hat mich zwar nicht ganz fair überrumpelt, aber er hat seine Chance verdient.

Sie leerte in einem Zug ihren Trinkzylinder und verließ ebenfalls die Automatenküche.

Es gab auch noch einen anderen, sehr profanen Grund, warum Elena das Zusammentreffen mit Marius in die Automatenküche gelegt hatte. Einen Grund, der sie bei seinem Zustandekommen zunächst empört hatte, den sie inzwischen aber als nicht mehr so schlimm empfand. Wie hatte sie Ulric erschrocken angeschrien, als sie mitten in der Nacht den plötzlichen Schmerz verspürt hatte. Jetzt tastete sie unwillkürlich nach ihrem Halstuch, ja, es saß an der richtigen Stelle. Marius hatte sicher nicht bemerkt, was sich darunter verbarg. Gut so. Das hätte die Situation nur noch weiter kompliziert.

Auf ihrer rechten Schulter, nahe des Halsansatzes, brannte ein blutunterlaufenes Oval, dessen Begrenzung recht genau dem Abdruck von Ulrics Zähnen entsprach.

Die Auseinandersetzung in der Automatenküche des Logistikstützpunktes 2 von Covocal hatte noch eine weitere Verwirrung ausgelöst. Allerdings war diese weder von Marius noch von Elena bemerkt worden.

Der Nivikristall in der Tasche von Marius' Pilotenjacke war zunächst bei dessen intensiven Gedanken an Elena aufgelebt. Marius hatte auf Elena gewartet und der Kristall wartete gleich ihm. Im Moment ihres Zusammentreffens in der Vorhalle bekam er Kontakt zu drei anderen Nivikristallen. In Nanosekunden vollzog sich ein Informationsaustausch zwischen ihnen. Doch genauso schnell, wie sie aufgelebt war, brach diese Verbindung wieder zusammen – es fehlte urplötzlich diese geheimnisvolle Energie, die die Nivi in ganz ähnlicher Form aus ihrem eigenen Universum kannten. Das überbordende Gefühl der Zusammengehörigkeit, dem vergleichbar, das die Nivi als kollektive Wesenheit zusammenhielt und eine sich ihrer selbst bewusste Zivilisation aus ihnen machte. Das Gefühl, das diese merkwürdigen Einzellebewesen hier im Weltall-Universum Liebe oder so ähnlich nannten. Es war ganz plötzlich weg und von etwas anderem verdrängt worden!

Wie hatten die Stäubchen und die Nivigrains den Nivikristall an Bord der fliegenden Hülle unlängst doch gleich instruiert? Er würde Kontakt bekommen zu anderen Nivi. Zu anderen Nivi, die sich ihrer bewusst geworden waren, die bereits viele Erkenntnisse über das fremde Universum gesammelt hatten und die in einem permanenten Energiefeld standen, das so stark war, dass es ihnen allen vielleicht die Rückkehr in das Nivi-Universum ermöglichen könne.

Da hatten die Stäubchen ja wohl ganz schön übertrieben!

Es war nur ein kurzes Aufblitzen gewesen, kein permanentes Energiefeld! Weit entfernt davon, den Versuch zu starten, zu einem Sprung in das Nivi-Universum anzusetzen! Ein Kontakt, der so schnell wieder abbrach wie er sich aufgebaut hatte, und der noch nicht einmal eine zuverlässige Ortung der anderen Nivi zuließ!

Kann sich in einem Augitkristall Ratlosigkeit breitmachen? In einem Nivikristall schon.

Aber im Abklingen seiner intermolekularen Aktivität codierten die Nivi eine Handlungsvorgabe in die Strukturparameter der Memoatome, dass eine ähnliche Gelegenheit der Interaktivität mit anderen Nivikristallen rigoros für einen Sprungversuch in das Heimatuniversum zu nutzen sei.

- 9 -

Die Driconn war das Arbeitspferd der Raum-
flotte von Covocal. Ein Klepper, der ausgefahrene
Wege stoisch immer wieder ablief. So fühlte es sich
wenigstens für Tessa an. Kaum zwei Tage Ruhe-
pause hatte man ihnen gegönnt. Jetzt waren sie
schon wieder im interstellaren Raum unterwegs,
um Dwarstunnel zu kontrollieren und gegebenen-
falls Hindernisse für nachfolgende Frachtraumschiffe aus dem Weg zu räumen.

So hatte sie sich ihre Tätigkeit als Pilotin eines In-
spektionsraumschiffes nicht vorgestellt. Die
Driconn wurde in den letzten Monaten nur noch für
Kontrollen eingesetzt. Sie war der Müllsammler,
der der Handelsflotte vorausflog. In der Anfangs-
zeit ihrer Pilotentätigkeit hatten sie noch die Drift
der Tunnel vermessen, deren Schwingungen im
Raum aufgezeichnet, die Bewegung der Labilen
Gravitationszonen im Weltall-Universum beobachtet, um das Driften von Dwarstunneln prognostizie-
ren zu können. Sie waren gezielt auf der Suche nach
unbekannten Gebilden in Tunneln gewesen. Sie
hatten neu entwickelte Messinstrumente getestet,
die den Transversionsvorgang besser analysieren
konnten... Neben der Inspektion hatte es auf jedem

Flug Forschungsmissionen gegeben, das Austüfteln von neuen Navigationsmethoden, den Versuch, hinter die Wände der Dwarstunnel blicken zu können… Jetzt war nichts mehr davon übriggeblieben.

Unglücklicherweise hatte sie sich während dieser spannenden Missionen auch noch in ihren Pilotenkollegen Marius verguckt. Sie bewunderte seinen Ideenreichtum, seinen Humor, seine Wortgewandtheit, seine Ruhe auch in kitzligen Situationen. Sie wünschte sich seine Nähe, auch außerhalb der Driconn. Aber genauso hatte sie von Anfang an gespürt, dass sie wohl keine Chance bei Marius hatte. Die Gedanken an Elena füllten ihn voll und ganz aus.

Keine spannenden Missionen mehr, kein Marius, der ihre Gefühle erwiderte, kein erfülltes Leben in Covocal, was sollte sie tun? Sie erinnerte sich, dass sie damals nur nach Covocal gekommen war, um Pilotin eines Inspektionsschiffes zu werden. Das war sie jetzt. Wenn sich also in den beiden Angelegenheiten, die ihr am Herzen lagen, nichts tat, würde sie Covocal verlassen. Das hatte sie sich vorgenommen.

Die neuerdings immer kürzer werdenden Pausen zwischen ihren Einsätzen bestärkten sie genauso in ihrem Entschluss wie die plötzliche Wortkargheit und schlechte Laune, die Marius jetzt gerade mit sich herumtrug.

Die Driconn flog entsprechend des Beharrungsvermögens durch den interstellaren Raum. Marius saß in seinem Pilotensessel. Er bewegte weder den Steuerstick, noch übte er über visuelle Befehle mit Augenbewegungen die Befehlsgewalt über die Driconn aus. Er starrte einfach nur vor sich hin.

„Wir müssen den Kurs präzisieren", mahnte Tessa, „sonst streifen wir nur die Ausläufer der Labilen Gravitationszone."

„Mach mal", erwiderte er müde.

„Driconn: Kommandowechsel. Tessa Pilot, Marius Kopilot." Sie übernahm die vollständige Kommandogewalt und steuerte die Driconn zu einer geeigneten Transversionsposition. Marius trug die ganze Zeit über nichts dazu bei. Er saß weiter auf seinem Sessel und guckte Löcher in die Kabinenluft.

Er raffte sich erst wieder auf, nachdem der Thorne-Hofmann-Transversator sie in den anvisierten Dwarstunnel versetzt hatte. Als das tiefe Brummen des Transversators leiser wurde und die Transversion abgeschlossen war, aktivierte er die Abstrahleinrichtung. Die Driconn war nun bereit, jederzeit einen Strahl von Dwarsneutronen oder anderer Partikel in Flugrichtung auszusenden.

„Bist Du Dir so sicher, dass wir hier den Neutronenstrahl benötigen?", fragte Tessa.

„Irgendetwas werden wir brauchen, glaub mir. Irgendetwas ballere ich jetzt raus!" Sein Blick verlor die bis eben dagewesene Leere. Er begann, aufmerksam die Instrumente zu beobachten, die in Flugrichtung ausgerichtet waren.

Sie sah ihn prüfend an. „Wie Du meinst. Ich bin gespannt. Vielleicht ist ja demnächst diese ganze Elektronik hier überflüssig, wenn Du den Tunnelschrott, der vor uns treibt, riechen kannst."

Kein Lächeln, keine Erwiderung von Marius.

Was hat er bloß, fragte sich Tessa. Sie drehte ihren Pilotensessel in seine Richtung, so dass sie gleichzeitig den großen Monitor an der Cockpitstirn und Marius im Blick behalten konnte. Ratlos wickelte sie eine Strähne ihrer langen dunklen Haare um den Zeigefinger. Nach einem Moment des Innehaltens wickelte sie diese wieder ab und begann an der nächsten Strähne zu drehen. So ging das gefühlte Stunden lang.

Die Szene wurde schließlich durch das Aufploppen eines Splitscreenfeldes auf dem großen Monitor unterbrochen. Direkt vor Marius erschien ein Symbol, das abwechselnd in Farbtönen von dunkelrot bis braun aufleuchtete.

„Na wer sagt es denn", brummte Marius.

„Tatsächlich. Du musst nur noch an Deinem Timing beim Aufspüren von Fremdkörpern arbeiten."

„Ich übernehme wieder das Kommando."

Beide beobachteten die Anzeige, auf der in schnellem Tempo Zahlen und Konturen wechselten.

„Ich bin mir nicht ganz sicher, was das ist", bemerkte Tessa.

„Das ist eine Niviwolke", sagte Marius bestimmt. „Inzwischen haben wir doch genug davon aufgestöbert und kompaktiert, um sie zu erkennen."

„Schau Dir die Dichtemessung an, der Wert ist sehr klein. Außerdem leuchtet die Autoklassifizierung dunkler als bei einer Wolke. Sie müsste doch eigentlich knallrot leuchten." Tessa war nicht überzeugt.

„Es gibt auch kleinere Niviwolken, Tessa. Das ist so eine. Die enthalten natürlich weniger Nivi-Bestandteile, was auch die Dichteanzeige verfälschen kann."

Tessa war nicht überzeugt und beobachtete weiter die Daten, die auf dem Monitor zusammenliefen. Marius justierte derweil schon den Dwarsneutronen-Beschleuniger und konfigurierte die Abstrahlfläche auf der Oberfläche der Driconn. In ihm war offensichtlich das Jagdfieber entbrannt oder war es noch etwas anderes?

„Die Niviwolke bewegt sich sehr schnell an der Tunnelwand entlang", stellte Marius fest. „Da müssen wir einen kräftigen Neutronenstrahl abschießen, sonst schubsen wir sie nur ein wenig an und sie ist im Tunnel verschwunden." Er regelte die Abstrahlintensität hoch.

„Lass uns die Wolke passieren und beim Vorbeifliegen noch einmal anmessen!", schlug Tessa vor. „Die Klassifizierung durch den Bordrechner ist nicht eindeutig. Dann wenden wir und können noch immer einen präzisen Neutronenstoß abstrahlen."

„Ach was! Warte jetzt mal dreißig Minuten, dann präsentiere ich Dir einen Nivikristall vom Feinsten. Ich werde das Ding da draußen jetzt schön sauber kompaktieren. Wir sind nahe genug dran!" Seine Hand ruhte bereits auf der Tastatur. Er war ungeduldig und wollte jetzt endlich etwas Befreiendes tun.

Es war nur eine kleine Bewegung seines Zeigefingers, aber sie brachte ihm irgendwie Erleichterung. Ein Strahl Dwarsneutronen raste auf das Objekt zu. Marius ließ die Taste los. Und drückte sie Augenblicke später erneut, länger diesmal, entschlossen und wütend.

„Das ist keine Niviwolke!", rief Tessa zwischen den zwei Schüssen. „Das ist ein Protoschwaden. Hör auf, ihn zu bestrahlen!"

Doch die beiden Strahlen von Dwarsneutronen hatten das Objekt bereits erreicht. Die verschieden schnellen Dwarsneutronen bewirkten am berechneten kritischen Punkt in dem Protoschwaden eine Reaktion, allerdings eine andere als erwartet.

Es fand keine Kompaktion von Nivi statt, da es sich nicht um eine Niviwolke handelte, sondern um die mutmaßliche Vorstufe einer solchen. In einem Protoschwaden befanden sich zwar auch Unmengen von Nivi, aber in wesentlich größeren Abständen zueinander. Zwischen ihnen wirbelten viele andere Materieteilchen herum, die in Dwarstunneln anzutreffen waren und die in ihrer Weltall-Universum-Entsprechung vielleicht unterschiedlich großen Molekülen um Kohlenstoff- oder Schwefelatome oder einfach nur Staub entsprachen. Vielleicht wäre aus dieser Protoform in Zukunft einmal eine Niviwolke geworden, wenn es den einzelnen Nivi gelungen wäre, ihre Abstände zueinander weiter zu verringern und die fremden Teilchen abzudrängen. So jedenfalls die gängige Theorie.

Der viel zu intensive Neutronenstrahl bewirkte daher nicht die Kompaktion, sondern das Auseinandersprengen des Protoschwaden. Im nächsten Moment war er vom Monitor verschwunden. Die Nivi, die sich im Protoschwaden zusammengefunden hatten, schwebten nun wieder unverbunden und weit verstreut im Dwarstunnel umher, ebenso die diversen anderen Materieteilchen. Sie waren mit den Instrumenten der Driconn nicht mehr erkennbar, stellten aber andererseits nach ihrer Auseinandersprengung auch keine Gefahr für Raumschiffe mehr dar, die den Tunnel passierten.

Die Gefahr war an anderer Stelle erwachsen.

„Schöne Bescherung!", stellte Tessa unwirsch fest. „Sag mal, warum musstest Du so sinnlos losballern? Guck mal, was Du angerichtet hast."

Das Bild war eindeutig. Auf dem Monitor war klar zu sehen, wie die Tunnelwände, bisher visualisiert durch einen stabilen gelben Kreis, in heftige Bewegung geraten waren. Aus dem Kreis war eine Ellipse geworden, die sich in unregelmäßigen

Bewegungen über den Bildschirm schob. Die Konturen ihrer vorherigen Standorte leuchteten einige Sekunden nach. Es schien, als bewege sich eine Schlange suchend über den Monitor. Oder ein außer Kontrolle geratener Gartenschlauch, der Wasser nach allen Seiten verspritzte.

„Die Tunnelwand pulsiert", stellte Marius lakonisch fest.

„Sie pulsiert nicht nur, sie ist kurz vor dem Auseinanderbrechen!", rief Tessa erschrocken, nachdem sie die ganze Tragweite der Situation erfasst hatte. „Weißt Du, wo wir landen, wenn sie reißt?"

Das war eine rein rhetorische Frage. Niemand wusste, was mit ihnen geschehen würde, wenn die Wand riss und die Driconn aus dem Dwarstunnel gezogen werden sollte. Jedenfalls gäbe es für sie keine Hoffnung auf Rückkehr ins Weltall-Universum. Dass der Dwarstunnel darüber hinaus auch auf Jahre für Raumschiffe unpassierbar würde, wäre dabei wohl ihre geringste Sorge.

Marius tickte nicht mehr richtig! Von dieser Erkenntnis erfüllt, übernahm Tessa ohne weitere Rücksprache das Kommando über die Driconn.

Komisch! Vorhin hatte sie noch mit der üblich gewordenen Langeweile auf den Patrouillenflügen gehadert, jetzt wäre ihr eine ruhigere Mission zweifellos willkommen gewesen.

„Magnetsegmente ausschleusen!", befahl sie dem Bordcomputer. „Kommandantenorder: höchste Priorität!"

Im hinteren Drittel der Driconn öffnete sich eine Luke und nacheinander wurden von den Manipulatoren acht gebogene Segmente ausgeschleust und zu einem kreisförmigen Ring verbunden, der sich Minuten später um die Längsachse der Driconn legte. Ein Energiefeld brachte den Magnetring zur Rotation und hielt ihn permanent auf Höhe der Driconn, als Tessa das Raumschiff langsam beschleunigen und auf den Anfang der pulsierenden Tunnelwand zufliegen ließ.

Das Manöver war nicht einfach. Die Driconn musste sich bis auf einen minimalen Abstand der Wand des Dwarstunnels nähern und zwar genau so weit, dass der immer schneller rotierende Magnetring die Tunnelwand sanft streicheln konnte wie der auf eine Bohrmaschine montierte Polieraufsatz eine empfindliche Lackoberfläche.

Bei den wilden Ausschlägen der Tunnelwand erforderte es andauernde jähe Steuermanöver der Driconn, um nicht doch noch einen Riss in der Tunnelwand zu verursachen. Vielfach vor und zurück tastete sich das Raumschiff und glättete der Magnetring vorsichtig die Tunnelwand, bei jedem neuen Vorbeiflug um ein paar Winkelgrad versetzt und oft genug auch mehrfach auf derselben Spur.

Da Tessa dem Bordcomputer die „höchste Priorität" für diese Operation befohlen hatte, arbeiteten alle Kapazitäten der Driconn für die Tunnelglättung. Sie selbst griff mehrfach ein, wenn der Rechner eine Abwägung empfahl, wo genau er eine neue

Glättungsspur zu beginnen hätte. Auch die Rotationsgeschwindigkeit des Magnetrings steuerte sie manuell aus. Eine Reparaturaktion wie die jetzige hatten Tunnelpatrouillen bisher nur ganz wenige Male ausführen müssen, die im Bordcomputer dafür programmierten Routinen stellten sich daher als nicht ausreichend heraus.

Schweißüberströmt lehnte sich Tessa nach mehr als fünf Stunden zurück und hob die höchste Prioritätsstufe für alle Systeme der Driconn auf. Sie war total geschafft, wilde Kopfschmerzen und unbändiger Durst quälten sie.

Mit Marius hatte sie in der ganzen Zeit kein Wort gewechselt. Sie hatte nur mitbekommen, dass er nach der Hälfte dieser Zeit begonnen hatte, bisweilen unterstützend in die Steuerung des Magnetrings einzugreifen.

Sie füllte sich am Spender einen großen Trinkzylinder voll und trank gierig in großen Schlucken, noch ehe sie wieder in ihrem Pilotensessel Platz genommen hatte. Bei den wenigen Schritten merkte sie, dass auch ihre Knie zitterten. Sie ließ sich in den Sessel fallen, strich sich eine nasse Haarsträhne aus dem verschwitzten Gesicht und schwang den Sitz zu Marius herum.

„Sag mal, spinnst Du?", machte sie ihrem Ärger jetzt endlich Luft. „Du hättest uns umbringen können!"

Er sah sie nur an, ohne etwas zu sagen.

„Warum ballerst Du so sinnlos rum? Warst Du es nicht, der mir beigebracht hat, unsere Dwarsneutronen nur einzusetzen, wenn wir völlig sicher sind, was wir vor uns haben? Dass es noch viel zu viel Unbekanntes hier gibt, um unbedacht zu handeln? Das gilt wohl für alle, nur für Dich nicht, Du großer Raumpilot, oder was?"

Die Worte sprudelten nur so aus Tessa heraus, sie konnte gar nicht anders. Neben dem überstandenen Schrecken war es auch echtes Unverständnis für Marius' leichtfertige Handlungsweise.

Er hörte sich alles ohne äußere Regung an und nickte nur zaghaft zu ihren Worten. Aber etwas von ihrem Strafgewitter musste doch zu ihm durchgedrungen sein, denn als Tessa endlich schwieg, sagte er leise so etwas wie:

„Tut mir leid."

„So, tut Dir leid! Hättest Du Dir das nicht früher überlegen können? Bei einem Riss der Tunnelwand könnte Dir jetzt nicht einmal mehr etwas leidtun. Dann wärest Du froh, wenn noch etwas Größeres als Moleküle von Dir übrig wären!" Als ihr der Sinn oder Unsinn ihrer letzten Worte aufging, winkte sie entnervt ab: „… oder so ähnlich."

Für sie unerwartet sagte Marius: „Du hast ja recht, Tessa. Bitte verzeih mir. Es wird nicht wieder vorkommen. Ich bin zur Zeit nur so… so… so durcheinander."

Das erste tiefe Erschrecken über die Beinahe-Havarie war bei ihr verraucht, wozu ihre Schimpfkanonade einen nicht unwesentlichen Beitrag geleistet hatte, und so fiel ihr wieder auf, dass Marius' Verhalten die ganze Zeit über völlig emotionslos war – bis auf dieses unmotivierte Vorgehen mit dem Dwarsneutronen-Bombardement natürlich.

„Marius, willst Du mir vielleicht mal sagen, was mit Dir los ist? Diese blöde Aktion hast Du doch nicht grundlos abgezogen."

Aber Marius gab ihr keine Antwort.

„Warum redest Du nicht? Du weißt doch, dass Du über alles mit mir sprechen kannst!" Das klang schon fast bittend.

Sie bemerkten es beide gleichzeitig. Tessa, dass bei ihr die Sorge überhand nahm, was mit Marius wohl los sein könnte und bei ihm kam die Einsicht, dass er Tessa nicht so grundlos erschrecken und in Gefahr bringen konnte, ohne dafür etwas Erklärendes preiszugeben.

„Ich glaube, die freien Tage zwischen den Einsätzen waren diesmal zur Erholung einfach zu kurz", sagte er und als er Tessas ungläubige Miene sah, setzte er widerwillig hinzu: „Außerdem waren sie nicht besonders schön."

Tessa konnte durchaus bis drei zählen.

„Ist was mit Elena?", fragte sie.

„Ach, Elena…", winkte er ab und seine Augen waren dabei so glanzlos, wie sie es noch nie bei ihm gesehen hatte.

Auf einmal war bei Tessa der ganze Frust um die eben überstandene Situation wie weggeblasen.

„Marius, ich bin für Dich da." Ihre Stimme war eindringlich. „Immer. Das weißt Du, ja?"

Am liebsten hätte sie noch ein „Vergiss Elena!" hinzugefügt, aber sie verkniff sich diese zwei Worte, als sie ihn nun wieder so apathisch dasitzen sah. Dabei hätte ihr dieser kurze Satz selbst so gut getan!

„Ich bin für Dich da", wiederholte sie stattdessen. „Wir beide zusammen haben doch bisher immer alles in den Griff bekommen, oder? Wir beide sind doch mehr als ein Team! Du wirst sehen, das schaffen wir auch diesmal."

„Danke, Tessa", nickte Marius.

„Aber jetzt werden wir erst einmal noch einige Dwarstunnel inspizieren, ja? Versprichst Du mir, nicht wieder solche Leichtsinnigkeiten zu veranstalten?", fuhr sie eindringlich fort.

Marius stimmte zu. Es war dumm von ihm gewesen, sie beide in Gefahr zu bringen. Was hatte denn schließlich Tessa mit alldem zu tun?

- 10 -

Schon gefühlte hundert Mal hatte Marius seinen Kommunikatorstick herausgeholt und auf eine Nachricht von Elena gehofft. Wieder war nichts eingetroffen. Seit der Landung der Driconn standen unter ihrer Kennung die stets gleichen fünf Worte. „Bin zur Zeit nicht erreichbar." Halb resigniert und halb ungläubig legte er den Stick wieder beiseite.

„Das hilft doch nichts, Marius", sagte sein Gegenüber. „Hör auf, Dich verrückt zu machen. Wenn sie Dich liebt, dann kreisen ihre Gedanken jetzt genauso um Dich wie Deine um sie. Sie wird sich melden. Gib ihr etwas Zeit. Und jetzt trink was!"

„Ach Bengolf, gerade Zeit ist etwas, was ich nicht habe. Weißt Du, bei unserem letzten Zusammentreffen hat sie von jemandem erzählt, den sie jetzt wiedergetroffen hat. Was ist, wenn sie sich jetzt gerade mit ihm einlässt?"

Marius und Bengolf saßen in einer Bar gleich neben dem Rohstoffkontor, in dem Bengolf arbeitete. Nachdem Marius zunächst wie ein Häufchen Unglück wortkarg auf Bengolfs Besucherstuhl gehockt hatte, fasste dieser den Entschluss, ihn kurzerhand hierher zu schleppen. „He Großer, wir wollten doch schon lange mal zusammen etwas trinken gehen.

Wenn ich Dich so ansehe, musst Du dringend unter Menschen kommen. Und mein Gin ist auch gerade alle."

Sprach's, hakte Marius unter und zog mit ihm los, ohne weiter zu fragen.

Die Bar, nach Bengolfs Worten seine Lieblingseinkehre, war mäßig besucht. Er hatte einigen Kollegen grüßend zugenickt, einen Bogen um die Spielekonsolen geschlagen und für sich und Marius einen ruhigen Tisch gesucht. Sie saßen sich gegenüber, Marius hatte Bengolf im Blick, in seinem Rücken flimmerten drei große Bildschirme, die auf farbigen Balkendiagrammen die aktuelle Vorratslage von Rhenium, Scandium und anderen Metallen anzeigten, die beständig ins Rohstoffkontor eingeliefert oder aus diesem abgerufen wurden. Bengolf hatte sich so gesetzt, dass er nicht nur Marius, sondern auch diese Anzeigen im Blick hatte. Völlig klar, dass er sich hier wohlfühlte...

Sie hatten zusammen gegessen – das heißt, vor allem Bengolf hatte etwas gegessen – und sprachen natürlich ausschließlich über ein Thema. Ganz so hatte sich Bengolf einen lange geplanten gemeinsamen Abend unter Kumpeln nicht vorgestellt, aber es stand außer Frage, dass er Marius beistand, so gut er es vermochte. Allerdings konnte er gerade nicht viel mehr ausrichten, außer Marius zuzuhören und beim Getränkekonsum stets auf gleicher Höhe mit ihm zu bleiben. Letzteres war gar nicht so einfach und jeder geleerte Trinkzylinder sorgte eigentlich nur dafür, dass sich ihr Gespräch mehr und mehr im Kreis drehte.

„Verstehst Du, warum ich dringend mit ihr sprechen muss?", fragte Marius. „Sollte ich nicht im Logistikstützpunkt auf sie warten, statt hier zu rumzusitzen?"

„Wenn sie Dich nicht sehen will, machst Du es nur noch schlimmer, wenn Du dorthin gehst. Dann musst Du Dir vielleicht Worte anhören, die Du nicht hören willst."

„Ja aber ich muss doch alle Missverständnisse aufklären", beharrte Marius. „Ich weiß doch gar nicht, was Elena gerade von mir denkt!"

„Ja eben! Du weißt nicht, was sie gerade denkt und kannst daher auf Garantie nicht adäquat reagieren. Außerdem glaube ich, dass Du in Deinem jetzigen Zustand nur Unsinn machen würdest, Großer. Dann könnte sehr leicht eine Situation eintreten, in der sie Dir wirklich nicht mehr verzeihen kann."

„Wieso verzeihen? Es gibt doch gar nichts zu verzeihen!", begehrte Marius auf. „Egal was Elena zu wissen glaubt, da täuscht sie sich."

Sie leerten ihre Trinkzylinder ein weiteres Mal.

„Wenn sie doch nur halb so viel an mich denken würde wie ich an sie, dann wäre ihr dieser derzeitige Zustand völlig unerträglich. Dann würde sie sich melden."

„Sie denkt an Dich, glaub mir", versuchte Bengolf ihn erneut zu beschwichtigen. „Ich weiß, dass sie Dich ebenso liebt wie Du sie. Nur ist ihr das zurzeit irgendwie nicht bewusst. Aber Elena ist eine kluge Frau. Was auch immer ihr jetzt durch den Kopf gehen mag, irgendwann wird sie sich ihrer Gefühle wieder bewusst."

Marius hätte ihm das so gern geglaubt, aber er schüttelte nur den Kopf und dann schüttete er den restlichen Inhalt seines Trinkzylinders in sich hinein.

„Ihr passt so perfekt zusammen, Ihr rennt nicht einfach auseinander." Da war sich Bengolf ganz sicher. „Zwischen Euch gibt es so etwas wie eine geheime Magie. Die ist ganz stark und unerschütterlich. Jeder, der Euch mal zusammen gesehen hat, erkennt das. Erzählst Du mir nicht dauernd, dass Eure Liebe sogar Steine zum Leuchten bringt?"

Bengolf war natürlich nach wie vor der Meinung, dass ihm und seinen handwerklichen Künsten der entscheidende Verdienst beim Aufleuchten der Nivikristalle zukam, aber das würde er ein andermal mit Marius auswerten...

„Ja, das war so. Aber vielleicht ist auch das jetzt vorbei?"

Er erinnerte sich daran, noch immer den letzten Nivikristall in der Tasche mit sich herumzutragen. Den Stein, den er vor dem letzten Wiedersehen mit Elena nicht mehr zu Bengolf bringen konnte. Nach mehreren vergeblichen Versuchen gelang ihm das Öffnen der kleinen Tasche seiner Pilotenjacke. So richtig konnte er seine Bewegungen nicht mehr koordinieren. Doch dann hielt er den Stein in der Hand. Marius und Bengolf beugten sich beide gespannt darüber: ein fingernagelgroßer Augitkristall mit perfekt glatten und regelmäßigen Kristallflächen. Er war halbtransparent und von gleichmäßig dunkelgrüner Farbe. Ein oder zwei Minuten starrten sie beide ihn an, ohne ein Wort zu sagen. Sie warteten auf eine Reaktion, auf irgendetwas. Doch der Stein lag ruhig auf Marius' Handfläche. Ein silikatischer Mischkristall eben, nichts Besonderes.

War das von Anfang an seine Farbe oder hat sie sich irgendwie verändert? – Marius überlegte und überlegte und kam zu keinem rechten Ergebnis. Je länger er den Kristall ansah, desto mehr drehte sich alles um ihn. Er wusste, dass er zu viel getrunken hatte. Trotzdem löste er den Blick nicht von dem Nivikristall, auch wenn ringsum die ganze Umgebung für ihn verschwamm und Tische, Stühle, Fußboden und auch Bengolf immer schneller rotierten. Der Stein lag wie ein Stein in seiner Hand.

„Ach Elena, was geht hier bloß vor?", flüsterte Marius vor sich hin. Seine Sinne wirbelten durcheinander, aber Sehnsucht nach ihr erfüllte ihn.

Da, auf einmal, Marius hätte ihn vor Schreck beinahe fallen lassen, veränderte sich der Nivikristall. Seine dunkle Farbe ging in ein helles Grün über, das von innen heraus langsam aufglomm.

„Er leuchtet!", stellte Bengolf in einem so erstaunten Ton fest, als hätte er es selbst nicht geglaubt. Seine Augen weiteten sich.

„Ich sehne mich gerade so sehr nach Elena", flüsterte Marius. In seinem Kopf erstand ihr Bild, ihr Lächeln, er vermeinte sie ganz nah zu spüren.

Der Nivikristall leuchtete noch heller, er sprühte geradezu Funken. Marius' ganze Handfläche war wie von einem hellen Birkengrün überzogen. In der Mitte lag der Nivikristall und wechselte in die verschiedensten Farbnuancen. Beide Männer konnten nicht den Blick von diesem Schauspiel lösen. Ruckelte der Stein nicht sogar in seiner Hand hin und her? Es schien so. Genau war das allerdings nicht erkennbar, denn auch Marius selbst schwankte.

„Bleib mal ganz ruhig sitzen. Du zitterst ja richtig, Großer!", mahnte Bengolf und legte Marius die Hand auf den Arm.

Der sah auf und versuchte, seine Umgebung zu erkennen. Aber alle Konturen im Raum, selbst Bengolf, verbargen sich hinter einem Schleier, waren verschwommen und drehten sich überdies rasend schnell. Er klammerte sich am Tisch fest und merkte, dass sein Magen ebenfalls anfing zu rotieren. Einen Blick auf den Nivikristall werfend, als ob dieser ihm helfen könnte, sah er, dass das Leuchten des Steins wieder erloschen war. Dann fiel Marius einfach vom Stuhl.

„Der Nivikristall leuchtet nicht mehr – Elena hat mich verlassen – mir ist schlecht..." Viel mehr Zusammenhängendes konnte Bengolf aus Marius' Worten nicht entnehmen. Er nahm den Stein und steckte ihn wieder in Marius' Jackentasche, bevor er noch auf den Boden kullerte. Dann versuchte er, seinem Freund wieder aufzuhelfen. Doch Marius war nicht ganz leicht, war nicht mehr in der Lage, seine Bewegungen zu kontrollieren und auch Bengolfs Koordinationsfähigkeit war früher am Abend schon einmal besser gewesen.

„Lass mich einfach hier liegen!", lallte Marius. „Ist doch eh alles sinnlos. Elena ist weg und ganz Covocal nur ein trauriger dunkler Flecken."

„Nee Großer, so geht das nicht. Reiß Dich mal zusammen und steh auf. Dann trinken wir noch einen und morgen sieht alles schon ganz anders aus…"

Er zerrte an Marius herum, allerdings vergeblich. Der rutschte nur ein paar Zentimeter auf dem Fußboden weiter. Aber in die Höhe ging nichts. Schließlich plumpste er selbst neben Marius zu Boden. „Was machen wir denn jetzt?"

Sie saßen nebeneinander auf dem Boden der Bar. Marius wäre einfach umgefallen ohne die Wand hinter ihm, an der er lehnte. Bengolf seinerseits lehnte sich an Marius und schaute sich in der Bar um. Inzwischen waren sie allein hier. Nur aus dem Nebenraum, von den Spielekonsolen, drangen Geräusche und Stimmen herüber. Aber Bengolf wollte nicht rufen. Was, wenn einer seiner Kollegen herbeikäme und sie beide so sah? Der Spott wäre ihm morgen gewiss. So weit konnte er noch denken… Aber wie sollte er Marius hier rausschaffen? Er konnte ja selbst kaum drei Schritte laufen.

„Morgen sieht's auch nicht anders aus", meldete sich Marius neben ihm. „Elena ist weg. Und Covocal ist eine finstere Mistwüste, der verlassenste Ort der Galaxis. Sagt Tessa auch immer. Jetzt weiß ich erst, wie recht sie hat."

He, Tessa! Das war doch Marius' Kopilotin auf der Driconn? Marius hatte sie Bengolf vor Monaten mal vorgestellt und sie hatten eine Weile ganz nett miteinander geredet. Auch danach waren sie sich ein paar Mal über den Weg gelaufen. Eine sympathische und praktisch veranlagte Frau.

Tessa ist die Lösung, dachte Bengolf. Sie kann Marius gut leiden, soweit ich weiß, und sie ist keine Plaudertasche. Sie könnte mir helfen, Marius nach Hause zu bringen. Und diese peinliche Situation hier wird nicht die Runde machen, weder im Rohstoffkontor noch im Raumhafen. Tessa ist loyal und verschwiegen!

Nach einigem Kramen fand Bengolf seinen Kommunikatorstick. Es war nicht schwierig, Tessas Kennung abzufragen, aber Bengolf benötigte dann doch einige Versuche dazu. Marius gab unterdessen die ersten Schnarchgeräusche von sich.

Als Tessa kam, erfasste sie die Situation mit einem Blick. Natürlich hatte sie sich schon nach Bengolfs wirren Worten am Kommunikator ein Bild gemacht. Sie stürmte in die Bar, ihre langen Haare umwehten ihr Gesicht, das von der Eile gerötet war. Über ihren einteiligen Hausanzug hatte sie auf die

Schnelle nur ein Cape geworfen. Man sah ihr an, dass sie nach Bengolfs Anruf sofort losgestürzt war.

Jetzt beugte sie sich über Marius, berührte ihn zunächst vorsichtig an der Schulter, dann schüttelte sie ihn leicht und anschließend immer stärker. Ihre Miene war voll ängstlicher Besorgnis, als Marius nicht reagierte. Er saß einfach halb aufrecht da, noch immer an die Wand gelehnt. Schließlich gab er ein genervtes Brummen von sich.

„Los, Bengolf, besorg einen Zylinder voll Wasser und ein Tuch. Mach schnell, oder bist Du genauso voll wie er?"

Tessas Eintreffen führte dazu, dass nun auch Bengolf in sich zusammensackte. Sein Unterbewusstsein sagte ihm, dass er jetzt die Verantwortung für die Situation abgegeben hatte. Tessa kümmerte sich. Gute Idee, sie anzurufen! Hervorragende Idee! Mit Mühe gelang es ihm, einen Trinkzylinder Wasser zu ordern. Der Robot rollte heran, natürlich ohne Tuch. Tessa nahm ihm das Gefäß ab, hielt Marius' Kopf fest und setzte es ihm an die Lippen. Trinken konnte er noch – oder schon wieder. Dass es nur Wasser war, das er zu sich nahm, merkte er ganz sicher nicht. Nachdem er ein wenig getrunken hatte, zog Tessa ihr Taschentuch aus dem Cape und begann, Marius' Gesicht mit dem eiskalten Wasser abzutupfen. Das wirkte. Er öffnete die Augen, wackelte mit dem Kopf und murmelte: „Kalt…!"

„Ja, mein Lieber, das ist kalt. Nun hab Dich mal nicht so, ordentlich saufen konntest Du ja bis eben auch!"

„Das kann er – und nicht schlecht!", meldete sich Bengolf und es sollte bewundernd klingen. Tessa aber fand das gar nicht heldenhaft.

„Du hältst am besten die Klappe, Bengolf. Wie konntest Du zulassen, dass sich Marius so zuschüttet? Hast Du nicht bemerkt, dass er völlig neben sich steht? Konntest Du da nicht auf ihn aufpassen? Schöner Freund!"

Bengolf schwieg schuldbewusst.

„Hilf mir mal, ihn auf den Stuhl zu setzen!"

Bengolf riss sich zusammen und gemeinsam bugsierten sie Marius auf den Stuhl. Tessa fuhr fort, ihm kaltes Wasser einzuflößen und seine Wangen zu befeuchten. Schließlich konnte er wieder halbwegs selbständig sitzen.

Tessa rief über ihren Stick ein Autocar. „Brauchst Du vielleicht auch noch ein bisschen kaltes Wasser?", fragte sie Bengolf.

„Ja, bitte."

„Hier!" Sie holte aus und schüttete ihm den kleinen Rest des Wassers ins Gesicht. „Wohl bekomm's! Ihr wollt zwei erwachsene Männer sein? Zwei bescheuerte Trunkenbolde seid Ihr!"

Bengolf stand im wahrsten Sinne des Wortes wie ein begossener Pudel da. „Hast ja recht, Tessa", murmelte er tropfend. Mit der wütenden Tessa zu streiten fiel ihm wohlweislich nicht ein.

Jeder Marius an einer Seite stützend, verfrachteten sie ihn ins Autocar. Tessa gab ihre Adresse ein und das Autocar fuhr los. Bengolf half ihr noch, Marius durch die Eingangstür ihres Wohnbaus zu schieben.

„Kommst Du allein klar, Bengolf?", fragte sie. „Das Autocar steht noch draußen."

„Ja, sicher, geht schon", antwortete Bengolf kleinlaut. „Danke, dass Du uns aus dieser peinlichen Situation herausgeholt hast."

„Das nächste Mal denkt Ihr vorher ein bisschen nach, Ihr Helden!" Sie schlug Bengolf die Tür vor der Nase zu.

Marius zu ihrem Bett zu bugsieren, war auch noch einmal ein ganz schönes Stück Arbeit. Schließlich plumpste er auf die Bettdecke, rollte sich sogleich wie ein Igel zusammen und brummte halblaut vor sich hin. Sie stand tief atmend davor und schaute ihn an. Je länger ihr Blick auf ihm ruhte, desto mehr wich Tessas Aufgebrachtheit dem Mitgefühl für Marius.

Dich hat es ja ganz schön erwischt, dachte sie. Weißt weder aus noch ein. Nun schlaf erstmal. Ich werde auf Dich aufpassen. – Und das alles wegen dieser Elena! Die hat Dich gar nicht verdient!

Langsam begann sie ihn auszuziehen. Er konnte ja schlecht in den schmuddeligen und beengenden Klamotten schlafen! Das gestaltete sich schwierig, denn er war ihr keinesfalls eine Hilfe dabei. Schließlich hatte sie ihn bis auf die Unterwäsche entkleidet.

Als sie seine Jacke über einen Stuhl hängen wollte, spürte sie etwas kleines Hartes in einer offen stehenden Tasche. Neugierig griff sie hinein und hatte den Nivikristall in der Hand.

„Sieh an, den kenne ich doch. Hast ihn Elena nicht mehr schenken können?", murmelte sie vor sich hin. Während sie ihn aufmerksam betrachtete, glomm ein zartes Leuchten im Inneren des Steins auf. Das Dunkelgrün des Nivikristalls wurde zusehends heller, bis es in einem warmen Absinthgrün verharrte.

Hatte Marius ihr Gemurmel mitbekommen?

„Elena!", flüsterte er.

Tessa beugte sich über ihn, den Nivikristall noch in der Hand. Mit der anderen suchte sie das Deckbett, um Marius zuzudecken.

„Elena!", tönte er wieder und zog Tessa zu sich herunter. Er schlang mit einer Kraft, die sie verblüffte, beide Arme um sie. „Bist Du wieder da, Liebste?"

Sie lag auf ihm und rührte sich nicht. Sie spürte das Heben und Senken seiner Brust bei jedem Atemzug, die Wärme seines Körpers und den Druck seiner Arme, die sie umschlungen hielten. Sie hörte sein Herz klopfen und ihres dazu. Tief sog sie den Geruch seines Körpers ein, der sie fast verrückt vor Begehren machte. Ihre Brüste drückten auf seinen Körper, und sie spürte deutlich, wie ihre Brustwarzen sich aufrichteten und fest wurden. Ein wohliger Schauer durchfuhr sie.

Nie wieder aufstehen, dachte sie, nie wieder aufstehen! So habe ich mir das immer gewünscht!

Minutenlang rührte sie sich nicht, bestrebt, ihn einfach immer nur weiter zu spüren. Schließlich war es Marius, der sich als erster bewegte. Mit einem Arm drückte er sie noch fester an sich, der andere fuhr tastend über ihren Rücken. „Elena, wie schön, dass Du da bist! Ich liebe Dich doch so sehr!"

Etwas blitzte in Tessas Hand auf. Der Nivikristall! Neongrünes Licht verspritzte er auf einmal und fühlte sich in ihrer Hand an, als ob er vibrierte. Tessa wurde sich der Situation bewusst. Sie lag in den Armen des Mannes, den sie liebte, aber er dachte nur an die andere. Selbst in diesem Zustand! Wie gern hätte sie sich jetzt ausgezogen und sich ganz nah an ihn gekuschelt… So lange bis er seinen Rausch ausgeschlafen hatte. Dann würden sie gemeinsam erwachen und sich lieben. Begehrend, lange, tief! Ach ja! So eine schöne Vorstellung.

„Ich bin nicht Elena. Ich bin Tessa. Tessa, Du Idiot!", sagte sie und machte sich langsam und sehr vorsichtig frei. Jetzt roch sie auch seine Alkoholfahne.

Neben dem Bett stehend, deckte sie ihn sorgfältig zu. Der Nivikristall hatte wieder seinen gewöhnlichen dunkelgrünen halbdurchscheinenden Farbton angenommen. Tessa betrachtete ihn lange, aber er veränderte sich nicht mehr.

Während des kurzen Aufblitzens hatte der Nivikristall versucht, die in den Memoatomen gespeicherten Informationen auszulesen und ein Handlungsszenario zu entwickeln. Doch der Zufluss der rätselhaften Energie war schwach und nur von kurzer Dauer. Er reichte weder zur Kontaktaufnahme mit anderen Nivikristallen aus, die sich laut seinen Informationen irgendwo in der Nähe aufhalten mussten, noch zum Sammeln neuer relevanter Informationen über dieses merkwürdige Universum, in dem er sich hier befand.

Vor dem Einschlafen seiner Aktivitäten blieb dem Nivikristall nur noch Zeit, den nunmehr schon zweimal aufgetretenen Widerspruch zu den Aussagen seiner Informanten zu konstatieren. Wo waren diese angeblich existierenden überbordenden Energieschübe, die die Nivi in ähnlicher Form aus ihrem eigenen Universum kannten und die allein ihnen die Rückkehr in ihr Universum ermöglichen konnten? Natürlich hatte es die hier in jüngster Vergangenheit gegeben! Sie waren von den kleinen Nivigrains und von anderen Nivikristallen beobachtet, gespeichert und schließlich weitergegeben worden. In der allumfassenden Gemeinsamkeit der Niviwesenheiten gab es keine Unwahrheiten. Es gab nur völlig freien unzensierten Informationsaustausch. Was ein Nivi wusste, gehörte unveränderbar zum Wissen aller Nivi. Natürlich, denn sie waren ein Kollektivwesen! Also, wo war diese Energie? Sollte sie in diesem Weltall-Universum hier etwa für immer versiegt sein?

Der Nivikristall war nun völlig verwirrt.

Vielleicht kann ich mit Marius mal in ein ernsthaftes Gespräch darüber kommen, was diese Steinchen für merkwürdige Eigenschaften haben, dachte Tessa. Irgendwie sieht mir das nach Zauberei aus.

Vorsichtig, mit spitzen Fingern, schob sie den Nivikristall wieder in Marius' Jackentasche zurück, dann klemmte sie sich die zweite Zudecke unter den Arm. Sie warf noch einen letzten Blick auf den Schlafenden und ging leise ins Nebenzimmer.

- 11 -

Der nächste Morgen in Covocal war wie jeder Morgen. Die Konturen der Gebäude, Antennenmasten und Straßenzüge schälten sich langsam aus dem Schwarz der Nacht, um schließlich in einem nebeligen Grau zu verharren, das es den wenigen Farbtupfern an Fassaden und Autocars schier unmöglich machte, ihre Auffälligkeit zu entfalten. Die Gipfel des Gebirgszuges, der gleich hinter Covocal begann, ließen sich bestenfalls erahnen. Dennoch schien es, als drückten sie noch zusätzlich auf die Stadt und ihre Bewohner.

Elena stand vor dem schmalen Sichtschlitz in der Küche, schaute auf das Grau der Straße und rührte gedankenverloren in ihrem mit Kaffee gefüllten Trinkzylinder. Über ihr Nachthemd hatte sie einen Bademantel gezogen, trotzdem fröstelte sie. Ihre vollen blonden Haare bildeten eine ungeordnete Mähne, die ein übernächtiges Gesicht einrahmte. Sie nahm einen großen Schluck und fühlte die Müdigkeit langsam aus ihrem Körper weichen. Im Grunde war es wohl eher eine allgemeine Erschöpfung als nur Müdigkeit. Gerade wollte sie zum Duschen ins Bad gehen, da fühlte sie sich von hinten umfasst.

„Meine arme kleine Elena muss schon wieder so früh aufstehen und arbeiten gehen", tönte es mitleidig neben ihrem Ohr.

Ulric drehte sie zu sich herum und küsste sie lange. Elena schloss die Augen und spürte die Bettwärme, die er mitbrachte. Sie erwiderte seine Umarmung und verhielt einige Augenblicke in dieser Position. Dann löste sie sich.

„Du sollst Dich nicht immer so anschleichen! Ich muss jetzt wirklich ins Bad. Bin schon viel zu spät dran."

„Mach mal, meine Liebe. Ich muss nachher auch weg, zur Glapa. Aber wenn Du heute Abend wiederkommst, bin ich da. Ich bin überhaupt immer da!" Irgendwie hörten sich seine Worte wie eine Drohung an, dabei sollten sie bestimmt beruhigend klingen?

Will ich das überhaupt? Dass er immer da ist? Das nervt auf die Dauer ganz schön! Ihr spontaner Gedanke überraschte sie selbst. Darüber denke ich später nach, jetzt muss ich erst einmal los.

„Sag mir Bescheid, wenn Du gehst, ja?" Ulric verzog sich wieder ins Bett, um noch zwei Stündchen zu schlafen. Als Elena ihm ein nun schon etwas munteres „Tschüss!" zurief, erwiderte er es schläfrig und drehte sich dann auf die Seite.

Im Autocar zum Logistikstützpunkt 2 atmete Elena tief durch. Zum ersten Mal seit gestern Nachmittag, seit sie nach Hause gekommen war, fühlte sie sich leicht und sogar etwas beschwingt. War es am Tage vorher nicht ähnlich gewesen? Nahm ihr Ulric die Luft zum Atmen, dass sie jetzt froh aufjapste, da er nicht bei ihr war?

Nicht dass Elena und Ulric sich nicht verstanden. Im Gegenteil! Ulric war immer um sie herum, und sie erzählten sich viele Erinnerungen aus ihrer gemeinsamen Vergangenheit. Die Studentenzeiten lebten wieder auf, es gab viel zu lachen und so manche Begebenheit, die Elena schon vergessen hatte, lohnte es, wieder hervorgekramt und bekakelt zu werden. Im Bett schien Ulric alles nachholen zu wollen, was er damals mit ihr versäumt hatte. So kam es ihr jedenfalls vor und sie würde unaufrichtig sein, wenn sie das nicht vor sich selber zugeben würde. Allerdings war seine Liebe eine irgendwie professionelle, kam ihr geradezu wie einstudiert vor, voller bewusst gesteuerter Reaktionen, nicht diese tiefe, emotionale und nichts im Voraus berechnende wie die von Marius.

Verdammt! Verglich sie die beiden etwa schon wieder miteinander? Elena hatte sich bemüht, jeden Gedanken an Marius zu unterdrücken, sobald er hochkam. Viel zu oft kam ihr diese Art von Überlegungen! Sie zwang sich auch jetzt zum Umschalten.

Das Autocar fuhr schon durch die breiten Straßenzüge der Wirtschaftszone. Elena beobachtete einen Schwertransporter mit sechs übermannsgroßen Rädern, der eine Lagerhalle verließ und weit ausholend auf die Fahrbahn einbog. Ihr eigenes Autocar musste abbremsen, um dem Riesen mit seinem

großen Abbiegeradius das Einfädeln zu ermöglichen. Wohin mochte er wohl fahren? Ins Gebirge zu
einem Bergwerksprojekt, zu einer der vollautoma-
tischen Fabriken in der Tundra oder zum Raumhafen? So ging das Tag und Nacht. Der größtenteils
vollautomatische Warenumschlag in Covocal rollte,
kam nie zur Ruhe. Gleich würde auch sie wieder ein
Rädchen im großen Getriebe sein.

Als sie durch die Vorhalle des Logistikstützpunkts 2 auf die Treppe zu lief, blickte sie unwillkürlich nach links. Dort hinten befand sich der Eingang zur Automatenküche. Dort hatte sie Marius
das letzte Mal gesehen. Schon wieder Marius! Sie
schaute noch einmal hinüber und erkannte Matilda,
die dort stand und mit einem Kollegen sprach. Seit
ihrem gemeinsamen Abend, an dem sie auch Ulric
wiedergetroffen hatte, war kaum Zeit für ein per-
sönliches Gespräch gewesen. Matilda sah ausgesprochen fröhlich aus. Sie winkte ihr zu und Elena
winkte zurück, nicht fröhlich.

Eigentlich sollte sie mit Matilda ein deutliches
Wort reden, und zwar über ihre Arbeitsabläufe. Sie,
Elena, war es nämlich gewesen, die vom Chef einen
Tadel wegen der nicht erfolgten Treibstoffausliefe-
rungen bekommen hatte. Die Sache mit der Glapa
war inzwischen Tagesgespräch in Covocal, allein
schon deshalb, weil sich die unausgelastete Besatzung überall rüpelhaft benahm. Sogar dem Chef
war das nun aufgefallen, nachdem die Frachtinge-
nieure der Glapa in seinem Stammrestaurant

herumgepöbelt hatten. Er hatte recherchiert, festgestellt, dass sein eigener Bereich für die Treibstoffversorgung der Glapa zuständig war, und Elena zu sich zitiert. Das Strafgewitter war nicht von schlechten Eltern gewesen, aber Elena hatte es hingenommen und die Schuld wider besseren Wissens nicht auf Matilda abgewälzt. Nur die letzten Sätze des Chefs hatten sie getroffen:

„Ich hoffe mal nicht, dass Sie aus persönlichen Beweggründen die Glapa auf dem Trockenen halten! Man hört ja da so einiges… Dann müsste ich noch ganz andere Saiten aufziehen! Und das werde ich, glauben Sie mir. Ihre Beförderung rutscht bei dieser Arbeitseinstellung übrigens in ganz weite Ferne."

Wusste der Chef etwas von ihr und Ulric? Der gehörte ja zur Besatzung der Glapa. Und wenn ja, woher wusste er das? Da konnte sich eigentlich nur Matilda verquatscht haben. Gewiss war ihr das aus Versehen passiert – oder? Elena war sich nicht mehr sicher. Könnte es sein, dass Matilda versteckt gegen sie arbeitete? Die ganze Unsicherheit, die sie schon die letzten Tage begleitete, brach sich wieder Bahn. Dieselbe, die sie auch schon heute früh befallen hatte. Ihr ganzes Leben bestand derzeit nur aus Unsicherheiten: Marius, Ulric, jetzt auch noch die Arbeit und womöglich Matilda. Das war einfach zuviel.

Mit Gewalt versuchte sie, sich auf ihre Aufgaben zu konzentrieren. Ein Werk aus der Wüstenzone hatte Solarfilme geliefert, die passenden Trägergerüste mussten aus einer Produktionsstätte in Covocal herbeigeschafft werden und alles zusammen mit elektronischen Steuerelementen, die gestern ein Frachtraumschiff angeliefert hatte, kommissioniert und mit mehreren Shuttles in den Orbit geflogen werden. Dort sollte dann die Montage zu Solarsegeln erfolgen. Doch mitten in den Mengenberechnungen für die Shuttlebeladung glitten ihre Gedanken wieder ab.

Im Grunde habe ich Marius vor vollendete Tatsachen gestellt, dachte sie. Ich habe ihm keine echte Chance gegeben, sich zu rechtfertigen. Obwohl – was gibt es da zu rechtfertigen, wenn er mit Tessa… Aber hat er denn wirklich mit Tessa? Habe ich stichhaltige Beweise dafür? Reicht das, was ich erfahren habe, wirklich aus? Hat mir nicht gerade erst die Strafpredigt vom Chef gezeigt, wie sehr man sich irren kann, auch wenn die Indizien eindeutig scheinen? Ich weiß, dass Marius mich liebt. Gerade jetzt, wo ich mit Ulric zusammen bin, spüre ich, wie sehr er mich geliebt hat. Das war alles ganz anders mit ihm! Viel erfüllender, viel inniger.

Elena hätte sich wohl zurückgelehnt und die Augen geschlossen, um ihre Gedanken festzuhalten, wäre da nicht plötzlich ein kleiner Blitz hochgeschossen. Überrascht blickte sie an sich herunter. Der Nivikristall ihres Anhängers sprühte Funken! Das hatte er schon seit Tagen nicht mehr gemacht. Als interessanter aber lebloser kleiner Kristall hatte er an dem Silikonbändchen gehangen, dunkelgrün und fast undurchsichtig. Sie hatte sich den Anhänger heute morgen aus Gewohnheit umgehängt, vielleicht auch ein bisschen aus Trotz, weil sie mit Ulric einen unerquicklichen Streit über die Steine gehabt hatte. Heute wollte sie den Schmuck noch ein letztes Mal tragen. Jetzt blinkte der Nivikristall so stark, dass sein Schein im ganzen Raum stand, sich an den Wänden brach und zurückgeworfen wurde, und die beiden kleineren Steine an ihrem Armband taten es dem großen gleich.

Sie schaute auf das Blinken und sehnte sich nach Marius.

Eine ganze Weile ging das so, bis Elena sich wieder zwang, die Gedanken an Marius zu verdrängen. Sie musste sich weiter auf ihre Berechnungen konzentrieren. Bei einem eventuellen Fehler wäre nach all dem Vorangegangenen die Reaktion des Chefs nicht auszurechnen! Das wollte sie sich ersparen.

Doch alsbald nahmen wieder die Steine und ihr Streit mit Ulric darüber ihre Gedanken gefangen. Sie hatte ihm erzählt, woher die Nivikristalle stammten und was sie für unerwartete Reaktionen entwickeln konnten. Er hatte ihr nicht geglaubt, womit er sie bereits kränkte. Dann hatten sie sich beide über die drei Nivikristalle gebeugt und sie lange betrachtet. Sie hatten kein Leuchten der Steine erlebt, kein Aufblitzen, kein leichtes Vibrieren, wie Elena es ihm beschrieben hatte. Nur einmal glaubte Elena

beim größten Stein ein kurzes Hellerwerden zu beobachten, Ulric aber sah nichts.

Dafür jedoch vertrat er die Meinung, dass die
Steine wohl eine gefährliche unbekannte Strahlung
aussenden müssten, wenn sie sich wirklich zeit-
weise so verhielten, wie Elena es beschrieb. Und
dann gehörten sie zunächst weggeschlossen und
anschließend gründlich in einem spezialisierten Labor untersucht. Alles, was aus den Dwarstunneln
kam, war fremde Materie, Gegenstände aus einem
anderen Universum, und daher hier im Weltall-
Universum unkalkulierbar gefährlich. Er als Raum-
fahrer, der schon die halbe Galaxis bereist habe,
wisse das besser als jeder andere.

Elenas Einwand, dass in den Sammlungsschränken des kernphysikalischen Instituts von Covocal
schon mehrere Nivikristalle lagen, die sich nach allen Untersuchungen chemisch und mineralogisch
als gewöhnliche Augitkristalle erwiesen hatten,
zählte für Ulric nicht. Er sprach den Wissenschaft-
lern von Covocal kurzerhand die nötige Kompetenz
ab.

„Was haben die hier schon für Untersuchungs-
methoden? Von der Qualifikation der Wissenschaftler ganz zu schweigen! Das ist doch ein Pro-
vinzlabor hier in Covocal, gerade mal in der Lage,
Kieselsteine von Niespulver zu unterscheiden."

Obwohl ihm Elena nichts über den offensichtli-
chen Zusammenhang von Kristallblinken und ihrem Zusammensein mit Marius erzählt hatte, ahnte

sie, dass Ulrics Bestreben, die Nivikristalle wegzubekommen, auch damit zu tun hatte, die Erinnerung an Marius zu tilgen. Schließlich hatte sie sich um des lieben Friedens willen einverstanden erklärt, die Nivikristalle in ein sicheres metallenes Schließfach zu bringen. Ob Ulric sie später mitnehmen und auf einem anderen Planeten untersuchen lassen sollte, wollten sie ein anderes Mal, irgendwann vor seinem Abflug mit der Glapa, gemeinsam entscheiden.

Darum trug sie das Armband und den Anhänger heute ein letztes Mal. Aber jetzt hatten die Nivikristalle wieder geleuchtet, genauso wie früher! Es konnte nur mit Marius zu tun haben. War er in Covocal? War er vielleicht sogar ganz in der Nähe? Elena wurde unruhig. Sie hatte wegen der Shuttles sowieso gerade eine Verbindung zum Raumhafen. Eine kurze Abfrage sagte ihr, dass auch die Driconn dort parkte, auf ihrem gewöhnlichen Platz.

Einer plötzlichen Eingebung folgend, rief sie Marius' Kennung über die neutrale Leitung des Logistikstützpunkts auf. Er sollte nicht sehen, wer ihn da anrief, sie wollte einfach nur kurz seine Stimme hören. Die Steine blinkten wiederum hell auf, als das Rufsignal abging und Elena auf eine Reaktion wartete. Zunächst leuchteten sie hell, dann aber wurden sie stetig dunkler, je länger der Ruf ungehört verhallte. Die Kennung seines Kommunikatorsticks zeigte ein „aktiv" an. Aber warum wollte er keine Verbindung? Er brauchte doch nur das kleine

Knöpfchen zu drücken! War er seinerseits verbittert ob ihres Verhaltens? – Dann eben nicht! Elena war enttäuscht.

Auf dem Heimweg, wieder in einem Autocar sitzend, überkam Elena dasselbe unbestimmte Gefühl der Erschöpfung wie heute früh. Ihr Arbeitspensum hatte sie bei Weitem nicht geschafft. Ihre Gedanken glitten einfach zu oft ab und dann schlichen sich jedes Mal Fehler in ihre Berechnungen ein. Zum Glück hatte der Chef heute nicht genauer hingeschaut… Morgen musste sie unbedingt effektiver arbeiten! Aber wie?

Und jetzt erwartete sie Ulric und sie wusste nicht, ob sie sich darüber freuen sollte. Sicher hatte er heute noch eine Weile geschlafen, war dann mit seinen Leuten von der Glapa herumgezogen und hatte sich anschließend wieder hingelegt. Jetzt erwartete er ein Abendessen und anschließend würden sie sich wieder in Erinnerungen an vergangene Zeiten verlieren. Das heißt, er würde von seinen Heldentaten erzählen. Nahm er sie überhaupt ernst? Hatte er ein einziges Mal ernsthaft nach ihren Gedanken, nach ihren Wünschen, nach ihrer Arbeit gefragt? Nein, nur er stand immer im Mittelpunkt. Er war derselbe Egomane wie früher, das hatte sie in den letzten Tagen erkannt.

Und auch morgen früh würde sie wieder aufstehen und sich erschöpft fühlen. Sie stellte sich dieselbe Frage wie am Morgen: Will ich das wirklich?

- 12 -

Die Einkaufspassage „Pirigley" befand sich nicht weit vom Raumhafen entfernt. Neben den Bewohnern von Covocal wurde sie gern von den Raumfahrern frequentiert, die hier zwischenlandeten und sich einige Tage in Covocal aufhielten. Entsprechend dieser Bedürfnisse gab es in der Pirigley neben den unterschiedlichen Geschäften und Restaurants auch ein Hotel, eine großzügig angelegte interstellare Kommunikationseinheit und verschiedene Depot- und Lagerstellen.

Im Innern eine Welt der Farben, Musik und verschwenderisch anmutender Dekoration, vergegenständlichte die Pirigley einen auffälligen Kontrast zum übrigen monoton und stereotyp anmutenden Covocal. Selbst die Gewänder der wenigen Menschen, die an diesem Nachmittag hier unterwegs waren und die großzügig dimensionierten Gänge entlangflanierten, schienen etwas von dieser Farbenpracht übernommen zu haben.

Zu denen, die die breite Hauptallee der Passage entlanggingen, gehörte auch Marius. Trotzdem er in gedrückter Stimmung war und ihn im Grunde nur das angepeilte Ziel interessierte, verlangsamte sich sein Schritt unwillkürlich, kaum dass er das

Gebäude betreten hatte. Die bunte Welt aus Schaufensterauslagen, Girlanden, Wasserspielen und flimmernden Werbebotschaften verfehlte ihre Wirkung auch auf ihn nicht. So lief er an Schaufenster auf Schaufenster vorbei, saugte mit den Augen die mannigfaltigen Farbtupfer auf, ohne jedoch die ihnen zugeordneten Waren inhaltlich zu registrieren. Sein einziges Ziel war ein Bekleidungsladen am anderen Ende der Pirigley, der auch alle möglichen Ausstattungsgegenstände für raumfahrendes Personal führte. Seine Pilotenjacke und andere Teile harrten eines dringenden Austauschs, und das eigentlich nicht erst seit seiner alles verschleißenden Tour mit Bengolf.

In seiner Zeitrechnung fehlte mehr als ein ganzer Tag.

Einfach weg war er.

Er war mit fürchterlichen Kopfschmerzen aufgewacht und hatte keinerlei Vorstellung, wo er sich befand. Als erstes hatte er ein Trinkgefäß mit lauwarmem Tee an seinen Lippen gespürt und gierig getrunken. Auch irgendein Medikament musste in diesem Getränk enthalten gewesen sein, denn kurz danach war er in der Lage, Teile seiner Umgebung wahrzunehmen. Das Getränk eingeflößt hatte ihm – Tessa! Die gute, aufopferungsvolle Tessa. Sie saß neben ihm auf dem Bett und schaute ihn besorgt an. Dann hatte sie ihm einen kleinen diätischen Imbiss gebracht und dabei war ihm einiges an Erinnerungen wiedergekommen. Nicht alles. Er kam nicht darauf, wann und wie Tessa zu Bengolf und ihm dazugestoßen war. Ebenso war alles danach Geschehene einfach weg. Er konnte sein Gehirn zermartern wie er wollte, die Sequenz war einfach gelöscht. Auch der Muntermacher wirkte nur einige Minuten. Kaum hatte er ein paar Bissen gegessen, da schlief er wieder ein…

Und jetzt lief er durch die Pirigley und haderte mit sich selbst. Er war verärgert, dass er am Abend vor drei Tagen mit Bengolf losgezogen war, statt Elena zu suchen. Er war betreten, dass Tessa ihn offensichtlich aus einer peinlichen Situation herausgeholt hatte, und er war verstört, weil er nicht wusste, ob er Tessa in seinem Suff vielleicht irgendwie beleidigt hatte. Oder es war gar noch etwas ganz anderes zwischen ihm und Tessa passiert, genau das, was Elena ihm vorgeworfen hatte? Waren sie sich so nahe gekommen? Es war nicht auszuschließen. Aber er wusste es nicht.

Elena! Er konnte keine zwei Gedanken fassen, ohne dass sie nicht in mindestens einem davon vorkam! Verrückt war das! Und dennoch so ein schönes überwältigendes Gefühl, das nun schon über ein Jahr anhielt. Auch jetzt war es da, wo sie ihm doch weiter entfernt war als in dieser gesamten gemeinsamen Zeit. Sie war jetzt sogar unerreichbarer, als wenn er viele Lichtjahre weg von Covocal in einen Dwarstunnel eintauchte. Auch jetzt gerade, in diesem bedrückenden Moment, dachte er an Elena und spürte schmerzlich, wie sehr er sie liebte. Er blieb mitten auf der Hauptpromenade einen Moment wie erstarrt stehen, als ihr Bild, plastisch und betörend, seine Gedanken überflutete.

Marius trug seine alte Pilotenjacke, selbstverständlich, und in deren Tasche gab es etwas, das auch spürte. Natürlich der Nivikristall. Zum allerersten Male, seit sie im Dwarstunnel kompaktiert worden waren und in das Weltall-Universum als Augitkristall eingetreten waren, erwachten die Nivi im Kristall in einer übermächtigen Erfahrung der vollen Stärke jener geheimnisvollen Energie, die ihr Bewusstsein aktiv werden ließ.

Mit ihm zusammen erwachten auch die kleinen Nivigrains, die Stäubchen, mit deren Hilfe der größere Kristall sein Wissen um sich selbst erworben und fest in seine atomaren Strukturen eingraviert hatte.

„Das ist die Kraft. Das ist sie. -" wisperten die kleinen Stäubchen.

Wenn Nivigrains des Gefühls der Begeisterung fähig sein sollten, so waren sie es jetzt und sie klammerten sich in ihrer Euphorie fest an den Kristall.

„Wir sind nicht allein hier. Ganz in der Nähe sind noch mehr Nivi. Sehr nahe. Sehr viele. Könnte Ihr etwas erkennen? -"

Es war eine seltsame Frage, die die Nivigrains an den großen Kristall richteten. Aber vielleicht war ja auch nur die Übersetzung falsch. Schließlich bargen die Nivi unerforschte Geheimnisse in sich, die erst ihrer Entdeckung durch die Menschen harrten...

Selbstredend konnte der Nivikristall nichts sehen. Aber er empfing neben der Energie, die ihn aufgeweckt hatte, noch weitere Signale. Irgendwie ähnelten sie den Äußerungen der Nivigrains, die sich an ihn geheftet hatten, doch aufgrund mangelnder historischer Vergleichswerte konnte der Kristall diese Signale nicht verifizieren.

Die Nivigrains hatten da mehr Erfahrung. Hatten sie nicht schon mit mehreren anderen Kristallen kommuniziert und genau dort zusammengesteckt, wo sie sich jetzt befanden?

„Sie sind es! -" jubelten sie.

Die Impulse, die durch die Nivigrains und durch den größeren Nivikristall fluteten, wuchsen in Richtung jener Intensität, die den kollektiven Niviwesen eines anderen Universums von Natur aus immanent waren. Die Hemmnisse ihrer unvollkommenen gegenseitigen Verständigung in diesem Weltall-Universum schwanden mehr und mehr. Die Nivi waren bereits in der Lage, das Raumgefüge dieser fremden Spielart des Universums um sie herum abzutasten und Strukturinhomogenitäten aufzuspüren. Hätten sie nur genug Energie, so würde es ihnen gelingen, diese Inhomogenität aufzubrechen und einen Verbindungsweg in ihr Heimatuniversum zu schaffen. Aber noch waren sie nicht stark genug dafür.

Marius war derweil langsam weiter durch die Passage gegangen, doch in seinen Gedanken war dabei nur Elena präsent. Er erreichte die Stelle, an der von links und rechts seitliche Abzweigungen mit weiteren Geschäften und einigen Büros in den Hauptgang der Pirigley mündeten. In der Mitte dieser Kreuzung plätscherte ein kleiner Springbrunnen, dessen Fontänen durch unter Wasser verborgene Lichtquellen farbig angestrahlt wurden. Das Licht wurde von der Glaskuppel, die sich an dieser Stelle über der Passage wölbte, reflektiert und ließ in der Umgebung des Brunnens bunte Farbflecken auf Boden und Wänden tanzen. Marius spürte eine nebulös anmutende Unruhe in sich und dazu hämmerte sein Herz wie verrückt. Sein ganzer Oberkörper begann zu beben, als ob er frieren würde. Dabei war es angenehm warm in der Pirigley. Gerade im Begriff, den Springbrunnen zu umrunden, blieb er plötzlich wie angewurzelt stehen.

Aus einem der Seitengänge trat die, an die er die ganze Zeit dachte. Elena! Sie war nicht allein. Neben ihr ging ein Mann und hielt ihre Hand. Er war nicht allzu groß, hatte dunkle, leicht angegraute Haare und ein Schnurrbärtchen. Auffallend waren seine kräftigen Augenbrauen. In der anderen Hand trug er ein kleines Köfferchen aus Kunststoff. Marius hatte ihn nie zuvor gesehen. Die beiden waren im Begriff, auf die Hauptallee abzubiegen, auf Marius zu, da erblickte Elena auch ihn. Sie blieb ebenfalls ruckartig stehen und zwangsläufig ihr Begleiter genauso.

Elenas Augen weiteten sich. Sie sah Marius, sonst nichts. Die Knie drohten ihr zu versagen.

Auch wenn ihr Begleiter versucht hätte, sie weiterzuziehen, sie wäre zu keinem Schritt in der Lage gewesen. Da stand Marius! Der Mann, den sie liebte. Sie hatte es in den letzten Tagen zunehmend geahnt, dass ihre wahren Gefühle noch immer und unabänderlich Marius galten. Dabei hatte sie die ganze Zeit krampfhaft versucht, alle diese ihre innersten Regungen zu unterdrücken. Mit Gewalt wollte sie sich auf Ulric konzentrieren. Jetzt aber, da sie Marius vor sich sah, durchbrachen ihre Gefühle alle selbst auferlegten mentalen Schranken. Und zugleich wollte sie am liebsten in den Boden versinken, da sie hier in eindeutig vertrauter Position mit einem anderen stand. Hatte sie am Ende selbst alles kaputtgemacht? Versperrte ihr jetzt ihre eigene überzogene Reaktion für alle Zeiten den Rückweg zu Marius?

Dieser andere, Ulric, versuchte ihrem Blick zu folgen und sah Marius ebenfalls. Doch er zeigte keine Spur eines Erkennens. Ganz offenkundig hatte er Marius noch nie persönlich gesehen. Und die seinerzeit von Matilda aufgenommenen Fotos waren halt keine Porträtaufnahmen gewesen, die unverkennbare Details der Person erkennen ließen.

Dafür aber richtete er mit einem Mal seine ganze Aufmerksamkeit auf den kleinen Koffer, den er in der linken Hand trug.

Es war, als sei etwas Lebendiges in dem Koffer eingesperrt! Eben noch ein ganz normales kleines Köfferchen aus rotem Kunststoff, in dem Elenas

Schmuckstücke mit den Nivikristallen lagen und darauf warteten, in der kaum dreißig Schritte entfernten Depotstelle in ein Schließfach eingelagert zu werden, pendelte er plötzlich in Ulrics Hand hin und her und wurde aus seinem Innern von heftigen Stößen geschüttelt, die sowohl Ulric als auch Elena spürten. Die Stöße verstärkten sich, steigerten sich fast wie zu einem Trommelfeuer, pflanzten sich in den Körpern der beiden fort und ließen Ulric und Elena erbeben wie unter einem plötzlichen Fieberschauer.

Erschrocken ließ Elena Ulrics Hand los. Dieser aber hielt den Koffer weiterhin krampfhaft fest, als sei er an ihm angeklebt. Er konnte ihn einfach nicht fallen lassen. Ungläubig starrte er ihn an, sah, wie kleine Rauchfäden durch die Verschlussfugen des Koffers aufstiegen, wie das Material anfing Blasen zu schlagen und langsam zu zerfließen. Aus dem Inneren des Koffers drang, sobald Teile der Seitenwände weggeschmolzen waren, ein unheimlicher, sich schnell intensivierender neongrüner Schein. Dann sah es so aus, als zöge ihn der Koffer mit unwiderstehlicher Gewalt nach vorn, auf den Springbrunnen zu. Ulric rutschte einfach über den Boden, ohne selbst etwas dagegen tun zu können.

Doch auch auf der anderen Seite des Brunnens geschah etwas. Der noch immer wie angewurzelt dort stehende Marius hatte die Vorgänge staunend verfolgt. Jetzt wurde er selbst von irgendetwas durchgerüttelt und dann unvermittelt von einer immensen Kraft nach vorn gezogen. Er stemmte sich reflexartig dagegen, doch beinahe hätte ihn die Wucht aus dem Gleichgewicht gebracht. Der Initialpunkt dieser Bewegung befand sich zweifellos in seiner Jacke. Und da ertönte auch schon ein laut vernehmliches Reißen des ohnehin ziemlich verschlissenen Stoffes und er sah nur noch einen grünen Blitz auf die andere Seite des Brunnens hinüberschießen.

Die Nivi in allen versammelten Kristallen, sowohl die beiden im Armband, der im Anhänger, die kleinen Nivigrains und auch der „Neue", sie alle spürten die gewaltige Energie, die die Menschen emittierten. Das war die Kraft, die ihnen ihr wahres Leben wiedergeben konnte! Sie schwoll gerade jetzt in diesem Augenblick so sehr an, wie es die Nivi noch nie erlebt hatten, seit sie im Weltall-Universum weilten. Keiner der Nivikristalle hatte eine Erinnerung an so einen mächtigen Energieausbruch gespeichert. Diesen Energieschub galt es zu nutzen, bevor er wieder nachließ. Wer wusste schon, ob sich später oder überhaupt noch einmal eine solche Möglichkeit ergeben würde?

„Jetzt gilt es! -" schrien sie gemeinsam auf.

Ihr Zusammenspiel war von diesem Moment an keines mehr zwischen voneinander abgetrennten separaten Nivigruppen. Unter dem gewaltigen Energieschub schossen sie aufeinander zu und vereinigten sich zu einem derartigen Kollektivwesen, wie sie es die meiste Zeit ihres Lebens gewesen waren. Ihre im Weltall-Universum gespeicherten Erfahrungen und Berechnungen, ebenso wie ihr Wissen aus Vorzeiten wurden eins und ohne kommunikative Umwege abrufbar. Sie waren wieder zu schrankenloser gemeinsamer Interaktion fähig.

Teile des Niviwesens hatten während des vorhergegangenen Energieschubs die winzigen Strukturinhomogenitäten des Weltall-Universums am jetzigen Standort vermessen und einen Hebelpunkt für ein Transversionsmanöver gefunden. Alle Nivi wussten, dass die Transversion genau jetzt stattfinden musste. Ebbte die Kraft wieder ab, war es zu spät.

„Struktur öffnen – Energie konzentrieren – Transversion! -"

Der von Marius ausgehende grüne Blitz schlug in das bis zur Unkenntlichkeit zerlaufene Köfferchen ein, das noch immer wie angewachsen an Ulrics Hand klebte. Es hatte ihn bis an den Brunnenrand gezogen, so sehr er sich auch dagegen stemmte. Ein ohrenbetäubendes Krachen folgte, das Wasser im Brunnen brodelte auf und Koffer und Ulric und der ganze Brunnen standen in einer tiefschwarzen Wolke, aus der Büschel grüner Blitze schlugen.

Nach wenigen Sekunden war alles vorbei. Die Blitze erloschen, die schwarze Wolke löste sich in Luft auf, als hätte sie nie existiert, und Stille kehrte ein. Nur die Umgebung sah jetzt etwas anders aus als vorher…

Das Wasser des Brunnens war verschwunden, auch den Brunnen selbst gab es so nicht mehr. Sein Becken war in der Mitte gespalten worden wie vom Hieb einer riesigen Axt. Die Spur der Axt, die den Brunnen zerlegt hatte, setzte sich auf dem Boden zu beiden Seiten der Brunnenruine als mächtige Kerbe fort und bildete eine lange, fast einen halben Meter breite mannstiefe Spalte mit glatten Rändern. In der Glaskuppel, die sich über den Brunnen spannte, gähnte ein ähnlicher scharf begrenzter langer Riss. Sowohl Glaselemente als auch die Halterahmen der Scheiben waren mit einem präzisen Schnitt wie von einem Laser durchtrennt worden. Seltsamerweise waren keine Glasscherben herabgeregnet, wie auch die Schaufenster der benachbarten Geschäfte völlig unbeschädigt vor sich hinblinkten.

Aber Ulric war weg. Und der Koffer war weg. Marius hatte gesehen, wie die schwarze Wolke den Mann mit dem zerschmelzenden Koffer in der Hand vollkommen einhüllte. Als sie sich dann auf- löste, waren beide verschwunden. Nichts deutete darauf hin, dass sie kurz zuvor an diesem Ort ge- standen hatten. Es gab keine herabgefallenen Trop- fen geschmolzenen Kunststoffes auf dem Boden, ebenso kein Teil, das irgendwie auf einen menschli- chen Körper hindeutete. Der Fußboden sah, abgese- hen von dem klaffenden Riss, aus wie frisch gefegt und gewischt.

Wow, dachte Marius, das waren die Nivi!

Er war geschockt und fasziniert zugleich. Hatte er nicht schon immer geahnt, dass die Nivikristalle etwas Besonderes waren? Genau darum waren sie an das Einzigartige und Besondere in seinem Leben gegangen. Er hatte gespürt, dass dies richtig war und von den Steinen keine Gefahr für Elena oder ihn ausging. Hatten die Nivi sein Handeln am Ende gar gesteuert, so dass er gar nicht anders konnte? Die Nivikristalle waren eben doch noch reichlich unerforscht, allen bisherigen Befunden zum Trotz! Wo mochten sie jetzt sein? Wieder in einem Dwarstunnel oder gar in einem anderen Universum? Da gab es für die Wissenschaftler in Covocal und anderswo noch eine Menge zu tun, wenn sie das Wesen der Nivi erkennen wollten.

Es gab an diesem Nachmittag in der Pirigley noch etwas anderes, das nicht auf Anhieb zu erkennen war. Da standen sich nun Elena und Marius gegenüber, jeder auf einer anderen Seite der tiefen Furche. Alles Weitere jedoch ging in den aufgeregten Rufen der Leute unter, die aus allen Richtungen auf die kleine Kreuzung in der Pirigley zueilten und sich nicht erklären konnten, was hier geschehen war.

MIX

Papier | Fördert
gute Waldnutzung

FSC® C083411

Zeitfracht Medien GmbH
Ferdinand-Jühlke-Straße 7
99095 Erfurt, Deutschland
produktsicherheit@kolibri360.de